老年維特的煩惱

顏瑜——著

目次

第一章　旅行的開端，還要當多久的保母呢？　005
第二章　匆匆忙忙的旅行，肯定是會有各種差錯的　025
第三章　想要在淡水老街買洗衣機，是不是搞錯了什麼？　043
第四章　生前契約，一份特別的禮物　063
第五章　都怪年輕時不浪漫，才不知道交杯酒怎麼喝　081
第六章　寶貝愛車開成越野車，我已經豁出去了嗎？　097
第七章　太倒楣了，這趟旅行實在是走不下去了　119
第八章　人家說英雄救美，這回卻是半路殺出個美人英雄　142
第九章　以一擋百，各位大哥我得罪了，但這八萬元我要拿走　161
第十章　一個陳年的小祕密，每個人都有段叛逆的日子　190
第十一章　偶爾也要做一個不懂事的兒子　209
第十二章　絕地大反攻，出來混的，還是要付出代價哦！　224

第一章　旅行的開端，還要當多久的保母呢？

六十三歲這個秋天，林金德過得很不一樣。

孫子快要三歲了，正坐在地板玩玩具，林金德看照著他，一面轉動手中的遙控器，臉上洋溢著平靜與悠閒。

他是一個尋常的退休老人，和太太住在一塊兒，生活不是特別富裕，但也足以頤養天年。

他坐在客廳，常常這樣子就睡著了，惹來太太的一頓罵，怕孫子就這樣不見。但他會回嘴，說這裡是公寓七樓，又不是什麼透天厝，孫子是能跑去哪裡。

但每次講到這個，他總是有點愧疚的，想起他自己小時候，鄉下那種大家庭、大院子，親戚小孩住在一起，七嘴八舌東奔西跑，他的孫子永遠無法體會。這也是現代小孩的宿命，父母生得少，居住空間又狹小，哪能理解他們小時候追著蜻蜓玩，接觸大自然的那種樂趣。

「碰！」孫子忽然叫了一聲。

這將林金德的思緒拉了回來，他看著孫子將積木排成一長條，不曉得他在玩什麼，便笑瞇瞇的問道：「哲哲，你在排什麼呀？」

孫子抬起頭望著他，兩隻眼睛水汪汪的，透出一股聰慧，好像他兒子小時候。接著他用稚嫩的手一把推掉積木，霸氣十足的說了一句：「胡了！」

林金德傻住，愣了一會兒才發覺，他是在模仿大人打麻將的樣子，剛才的那聲「碰」、還有將積木排成一長條推倒，無不學得活靈活現。

「是不是你媽媽教你的？」林金德問道，語氣有些惱火。

他和太太不打麻將，他兒子也不打麻將，只有他媳婦會打麻將。他們兩家子並不住在一起，但他清楚知道，他媳婦時不時就會找人到家裡摸上一圈，孫子肯定是學壞了。

「你上次看到媽媽打麻將是什麼時候？」林金德追問，並在孫子對面坐下來。

孫子沒回答他，自顧自的在排積木，也不知是沒聽到還是在裝傻。

「跟阿公說好不好？」林金德再次問道。

他太太這時候端著水餃走過來了，見林金德表情不對，便問道：「哲哲怎麼了？」

「唉，講到就氣。」林金德把剛才發生的事情告訴她。

「唉唷，怎麼這樣教小孩呀！」

「對嘛，我就說，真是太不像樣了。」

兩個人照慣例的又將媳婦從頭到腳批評了一次，說她愛打麻將，沒有良家婦女的樣子，還把唯一的這個寶貝孫子給教壞了。

他們都年過六十，傳統的價值思維根深柢固，媳婦的各個方面在他們眼裡都是不及格的，他們還會時不時叨唸，不認同這段婚姻，說辛辛苦苦養大的兒子就這麼被拐走了，白白便宜了別人。

盤子裡裝著水餃，這是他們祖孫三人今天的午餐，孫子哲哲的那份被刻意裝在有網格的卡通碟子裡，用以教他數數。

「來，這是第幾顆？」她舀起水餃，用筷子切成一半，然後靠近哲哲的嘴巴。

「三。」哲哲回答道，用細小的手指比出來。

「哎，好乖哦，我們家哲哲怎麼這麼聰明。」

林金德看著他們的互動，默默的也吃著自己的水餃。

他的太太叫劉淑蓮，性子跟他是天差地遠，急匆匆的，不像他是個慢郎中。哲哲不在的時候，最常見的景象就是他在客廳打盹，她邊發牢騷邊打掃，用掃把敲他底下的沙發；即使哲哲來了，她怕吵到孩子，收斂了些，也依然是碎碎唸的。

林金德看著這個和他度過大半輩子的人，兩人能走到今天也挺不容易的，她臉上的皺紋甚至比他的還要多，都是歲月的痕跡。

「我等一下去買菜，你帶孩子去外面走走。」劉淑蓮叮嚀道，用毛巾擦擦哲哲的嘴巴：「晚點把窗戶關起來，免得蚊子跑進來。」

「知道了。」

劉淑蓮轉身去洗碗，也不顧林金德這邊還在吃，桌上還有盤子沒收。她總是這樣的，有什麼家事就先做，一刻也閒不得。

「阿公，你怎麼吃那麼慢。」哲哲走到林金德身邊，對林金德手中的筷子感興趣起來：「我要用筷子，我來餵阿公！」

林金德笑著，就將筷子遞給了他。

哲哲會用筷子，劉淑蓮教過他，但顯然還不太熟練，只見他吃力的抓著筷子，就像小人開大車，忙碌了半天也沒有夾起來。

水餃在盤子裡滑來滑去，哲哲眼眶裡的水分也越來越多，林金德深怕他氣餒，正想替他夾起來，哲哲突然用那閃亮亮的眼睛盯著他說道：「阿公你看，水餃在玩躲貓貓！」

林金德莞爾大笑，他實在是敗給他孫子的古靈精怪呀，他也低估了他的孫子，哲哲從來不輕易掉眼淚的，就算跌倒也會自己爬起來。

「來，阿嬤要洗碗了，我們趕快吃一吃。」林金德奪回筷子，將僅剩的兩個水餃吃一吃，然後就端起盤子走向廚房。

劉淑蓮見他過來，便說：「你打電話給仲凱，問哲哲的小腿那是給什麼叮的。」示意要林金德打給他們的兒子，林仲凱。

因為哲哲的小腿出現了一個像蚊子叮的紅腫，這讓劉淑蓮很不高興，哲哲是昨晚被送過來的，劉淑蓮第一時間就發現了他的紅腫，看得她心疼不已。哲哲可是他們的寶貝孫子，到底是怎麼照顧的，為什麼會被蚊子叮那麼大一包？

「現在？仲凱還在工作吧？」林金德疑惑的說道，不想在這個時候打給兒子。

「那就打給娟妤。」劉淑蓮改口，要他打給媳婦郭娟妤。

郭娟妤應該也還在工作，但比起打擾兒子，林金德更願意打擾媳婦。於是他走回房間拿手機，尋找媳婦的電話號碼，接著又想起用line打比較省錢，於是又打開line軟體，但他不知道媳婦的line是哪個，找了半天陷入迷惘之中，站在客廳沉思。

「你是打了沒？」劉淑蓮擦著手走來，她已經洗好碗了，見林金德一副慢條斯理的樣子，便皺眉：「你到現在還沒打？」

「我在找娟妤的line。」林金德回答。

「哎呀，走開啦，叫你打個電話，打老半天！」劉淑蓮急躁的推開他，往房間裡去：「我自己打，別在這礙事。」

林金德摸摸鼻子放下手機，看著客廳已經又玩起玩具的哲哲，便對劉淑蓮說道：「我帶哲哲出去散步。」他可沒忘記自己的任務。

劉淑蓮正在打電話，沒回答，但從房間丟出了一罐防蚊液，要他給哲哲擦上，並白了他一眼。

林金德默默照做，然後就牽著哲哲出門了。

公寓的中庭，鬱鬱蔥蔥、花團錦簇，就他們住的這區，便有桂花、七里香、杜鵑……等等，還有兩棵大榕樹，以及攀在上頭的蝴蝶蘭。

這些植栽都有人工養護，定時會整理，甚至換掉一批。但本該是造景的東西，卻有些喧賓奪主了，樓道走廊彎彎拐拐的消失在植物之中，使得某些初來乍到的訪客會迷路。

林金德夫婦當初選擇買這裡的房子，便是看重這些造景，即使得繳交較貴的管理費，也覺得值得。事實證明他們是對的。

「你去玩吧，阿公在這邊看你。」林金德說道，並在涼亭坐下。

「耶耶耶耶耶耶！」哲哲聞言便跑向了涼亭旁的兒童遊樂區，看準了鞦韆便坐下。

不管是涼亭還是遊樂區，都是在中庭範圍內，他們並沒有離開公寓社區，所謂的散步，就這樣在大樓之間完成了。

林金德常常帶孫子這樣散步，但劉淑蓮非常不喜歡，她認為應該要離開這座社區，走出那個大門，才算真正的散步。但林金德無所謂，他的膝蓋不好，在中庭散步，對祖孫倆相對都省事。真正將這種偷懶發揚光大的，卻是他兒子，林仲凱。林仲凱會開著車，說要帶哲哲去野餐，結果卻是載來他父母家，也就是這座社區。

他們會興高采烈的走進來，帶著毯子還有裝滿零食的籃子，在中庭的草坪坐下，不顧來來往往的居民目光，就這樣來一場「野餐」，然後野餐結束，就順便將哲哲丟給林金德夫婦照顧。

這是林金德見過最敷衍的野餐了，他的兒子思想前衛，怪點子特別多。

「欸，啊你不是要出國了，怎麼還在這裡？」這時，一個拄著拐杖的老人走了過來，對林金德說道。

他年紀比林金德大一點，卻已經白髮蒼蒼，瘦骨嶙峋。他住在隔壁棟大樓，常常和林金德在這座涼亭聊天，偶爾還會下棋，林金德習慣稱他為老許，是他最熟識的鄰居。

「取消掉了。」林金德說道，見他一擺一擺的走過來，便起身攙扶。

「為什麼取消？」老許愣了一下，問道：「不是計畫很久了？」

林金德是要出國的沒錯，他要帶劉淑蓮去歐洲，這是他們已經計畫大半年的事情。整棟社區的人都知道，他們要先去英國，看那泰晤士河和倫敦眼，走訪牛津大學，接著再搭海底鐵路到巴黎，參觀羅浮宮和凱旋門，最後是去義大利，感受那羅馬古都的情韻。

連新來的管理員都知道他們會在這禮拜六出發，怎麼說取消就取消了？

「哦，還不是因為哲哲。」林金德淡然的回答道。

「要帶孫子？」老許很自然的將目光移到兒童遊樂區，果然看到了在玩耍的哲哲。

「對啊，仲凱在忙工作，臨時要我們幫忙帶。」

「但他不是早知道你們要出國？」老許不解的問道：「怎麼還要你們照顧孩子？」

「就臨時有事呀。」

林金德夫婦這輩子從沒出國過，為了這次的歐洲之旅，他們規劃了將近有半年之久。

林金德是輪胎工廠退休的，辛苦大半輩子，才將兒子拉拔成人。他們夫妻倆不是什麼有知識的人，能說得出口的成就，就是這獨生子林仲凱，以及積攢買下的這座公寓。

六十三歲，是該享福了，早從年初他和太太就決定要出國玩，但路線上他們一直存在分歧，林金德想到巴黎去感受那人文藝術，劉淑蓮卻想去羅馬參觀教堂；是可以兩者都去，但林金德又不想舟車勞頓，他體會過那坐遊覽車趕路的「進香團式旅遊」，實在不想活受罪。

但最後，他依然妥協了，他總是讓著劉淑蓮的，這次也不例外，不過劉淑蓮也有退讓，行程從原本的四個國家，縮減為三個國家——然而就在一切都準備好，行李都打包好時，兒子的一通電話打來了，說他工作太忙，郭娟妤也忙，能幫忙帶一下哲哲嗎？

於是兩個老人放下行李，退了機票，又擔綱起保母的角色。

「我說你這兒子也太不孝了吧？」老許聞言，不客氣的說道：「你們都幾歲了，還要把屎把尿。」

「不能這樣說吧？」林金德僵著臉苦笑，聽別人說他兒子不孝，有些不高興了：「仲凱也知道我們要出國，是我太太熱心，堅持要帶哲哲，畢竟從外面再請保母也不便宜……」

「他就知道你們兩老一定不會拒絕，還故意去問你們，擺明就是吃定你們。」

這話說得林金德啞口無言，他想反駁，卻支支吾吾，因而氣得火冒三丈。這老許又不是他們家的人，憑什麼批評他的兒子？現代人工作那麼忙，讓父母照顧一下孩子有什麼不對？

老許看出林金德發飆了，林金德本是溫文儒雅的人，這次是真的氣到心裡去了。但老許可不打算善罷甘休，他本來就是有什麼說什麼的人，看不慣的事情他會直說。

「哲哲現在也才三歲，你們是打算顧到什麼時候？」老許問道。

「當然是顧到他長大，不然平常也沒事做。」林金德忍著脾氣回答。

「我講一句實在的吧，你們兩夫妻也不比我小多少，和我們同年紀的，陸續都有人掛了，你自己也一身病痛，有糖尿病和高血壓，現在不去旅遊，以後等著後悔。」老許敲著拐杖說道：「你以為多的是時間，錯了，你自己想想，當孫子長大後，你幾歲了？」

「又不是沒機會了，等仲凱工作鬆了點的時候，再出國也不遲。」林金德嘟噥道。

「那你就繼續等吧，你從五十歲等到六十歲，再從六十歲等到七十歲，日子依然沒改變，時間一晃眼就過了。」老許無奈的搖搖頭：「當某天你終於下定決心要出去玩一趟時，手邊的拐杖只能支持你到樓下的草坪了。」

這話忽然間就說到林金德的心坎裡了，猶記自己是五十五歲退休的，怎麼一下子就過快十年了呢？這些日子他都是怎麼度過的？

他轉頭望向遊樂場裡的哲哲，覺得那小小的身影十分陌生，卻又在下一刻變得熟悉，像極了他兒子小時候。三十年前，林仲凱也就那麼大而已，甚至沒有哲哲那麼高，營養不良，瘦巴巴的，常躲在桌子下不吃飯，讓劉淑蓮氣得要死。

他望著他的孩子長大，拉拔他的孩子長大，目送他上大學，離開家裡，有了喜歡的人，結婚生子。如今彷彿又回到了三十年前，他和劉淑蓮重新當起父母，得再經歷一次養育孩子的過程。

「現在的年輕人一點責任都沒有，生的小孩全丟給父母照顧，自己在外面享樂，你說這樣小孩以後怎麼可能和爸媽親？」老許還在義憤填膺的發牢騷，但林金德的思緒早已飛掉，一句話都沒聽進去。

自從哲哲出生後，除了那段喝母奶的日子外，確實都是他和劉淑蓮在照顧的。每週一到五，林仲凱會在早上將孩子帶來，自己和郭娟妤去工作，晚上再來接孩子；週六週日，林金德和劉淑蓮才有一點喘息的空間，但有時哲哲也會過來。

照顧自己的寶貝孫子，林金德和劉淑蓮自然是甘之如飴，但兩人畢竟年紀大了，體力比不上年輕時候。要哄要餵、要帶孩子睡覺、要換尿布，這些甜蜜的負荷終歸還是一種負荷，身體很吃不消。

老許的話讓林金德越聽越有道理，光是拉拔他的孩子長大，就已用了他二十年的精力，等到他孩子的孩子也長大了，恐怕他已經躺一半在棺材裡了。某一天，難道真的要拄著拐杖下樓，顫抖的到這個中庭吹風，假裝自己在遊歷歐洲嗎？

他累了，忽然覺得自己累了，沒有那個精力了，辛苦了大半輩子，他不想再重複過去的生活。

「怎麼啦？」老許原本滔滔不絕的在講著自己的大道理，見林金德表情不對，便問道：「你也覺得這裡種桂花根本不對嗎？」

「咦？什麼桂花？」林金德嚇一跳，驚覺話題怎麼轉變得這麼快，他壓根兒沒聽老許在講什麼：「沒有啦，只是你剛剛講的很有道理。」

「哪個有道理？」

「就是哲哲那個。」林金德嘆口氣說道：「我和阿蓮（劉淑蓮）這輩子都在打拚賺錢，沒吃過什麼好東西，也沒去過什麼好地方。退休後，阿里山和日月潭糊里糊塗的去過幾次，都玩得不盡興。阿蓮一直很想去羅馬拜那個什麼教宗，期待很久了，結果現在又不能去，真的是對她很虧欠，她吃的苦比我多，仲凱都是她帶大的，那時候她還要做手工，省吃儉用給仲凱去補習……」

「好好好。」老許聽不下去這些繁瑣細節，便打斷林金德說道：「啊時間不是還沒到嗎？你們不是明天才要出國？趕快準備一下，把哲哲帶回去給他老爸就好啦？」

「機票都退了，怎麼出國？」林金德垂著臉說道：「還有旅行社也都退了。」

「不能恢復喔？現在都可以吧？用網路什麼的。」老許似懂非懂的說道：「反正我只是給你一個方向，下個月再去也可以，我們都活到這把歲數了，對兒女仁至義盡了，總該為自己活一把。」

「啊你這樣講，我也沒見你出國過。」林金德說道，有些不平衡了：「成天也只是待在這涼亭。」

「我又不想出國。」老許理直氣壯的說道：「我就做自己想做的事情，我可不像你，我連一天都沒幫忙帶過孩子。我那些外孫看到我都怕得要死，說爺爺很兇。」

林金德笑出來，這就是他喜歡和老許聊天的原因，老許和他實在太不同了。

講到這，老許忽然想到了什麼，便從懷裡掏出了一個東西，放在桌子打開來看，竟是一份訃聞。白色的訃聞擺在眼前，讓林金德看了有點不舒服，但老許卻絲毫不忌諱這些，面帶笑容的將它攤平。

「這是誰的訃聞？」林金德狐疑的問道，紙上的名字他可不認識。

「我堂哥的，半年前走掉，心肌梗塞。」老許說道，饒有興味的勾起嘴角：「你知道的，這種病最是有趣，隨時能將一個好端端的人帶走，或許你我哪天也是這樣不見的。」

「講什麼穢氣的話……」林金德不舒服的說道：「都半年前的訃聞了，怎麼還留著？喪禮應該結束了吧？」

「我留著它，用它來提醒我生命短暫，人隨時會走。」老許說道：「我這堂哥生前和我吵得可兇了，為了一棵祖地的樹，還拿刀威脅過我。結果現在還不是走了，生前什麼都爭，死後什麼也留不住。」

「……」林金德不曉得該回什麼話。

「現在，我把這訃聞給你好了。」老許將訃聞摺好，推向林金德。

「別別別。」林金德趕緊推辭，他才不想要這東西呢：「你自己收著吧。」

老許卻說：「你比我更需要的，它會給你一些動力，讓你去做你真正想做的事情。」他以為林金德是在客氣，便將訃聞塞到他手裡：「心肌梗塞啊，很可怕的。」

林金德苦不堪言，只好先默默收下，心裡暗記等會兒再拿去丟掉。但這東西似乎也不能隨便亂丟，唉，到底是在幹嘛啊？

※ ※ ※

晚餐，劉淑蓮煮了一鍋粥，媳婦郭娟妤原本要來帶孩子的，但臨時說要加班，林仲凱也忙不過來，於是就決定讓哲哲留在這過夜。

林金德是不高興的，這種事情在以往很常見，但今日聽了老許那些話後，林金德的心態有所轉變，他只覺得又被吃豆腐了。媳婦是真的在加班嗎？他抱持懷疑態度，說不定正在家裡打麻將呢！

「對對對，要加這個小魚乾哦。」劉淑蓮一面往粥裡加料，一面哄著哲哲。

倘若哲哲不在，他們兩人都是隨便吃的，今晚的粥就是白天吃剩的飯，原本兩人要將它清掉，但哲哲突然留下來，於是劉淑蓮只好又往粥裡加一些魚片、肉丸等等好料。

「哲哲，你覺得和阿公阿嬤住比較開心，還是和爸爸媽媽？」林金德忽然若有所思的問道。

劉淑蓮愣了一下，但並沒有放在心上，只是白了林金德一眼說道：「瞎問什麼蠢問題，一家人在一起都嘛開心。」

「和爸爸媽媽開心。」哲哲回答道，但又補一句：「但和阿公阿嬤也開心。」

「哎唷唷，趕快吃。」劉淑蓮用湯匙餵了哲哲一口：「好乖哦。」

她沒有注意到哲哲回答什麼，但林金德可是聽得一清二楚。孩子果然還是和父母在一起最幸福，爺爺奶奶根本替代不了父母的功能，但這只是他複雜心思的旁枝末節，他想將哲哲送回他父母身邊，今晚就送回去，最主要原因還是，他想要履行原本的計畫，帶劉淑蓮出國。

一共六日的遊歐之旅，原定就在明天出發，早上十一點半的飛機，在桃園國際機場，為此林金德還特別查過地圖，看怎麼走最快，但這一切都在林仲凱打電話請他們帶孩子後，回歸原點。

他和劉淑蓮的行李箱都還沒拆呢，還擺在房間裡，當時劉淑蓮還塞了一套七八年前買的昂貴禮服進去，說可能會用到，在異國的餐會上她得打扮漂亮。一想到這些，林金德的胃就隱隱作疼。

「我們明天還是出國吧，妳覺得如何？」餐桌上，林金德出聲試探。

「啊？」劉淑蓮一時沒反應過來，便皺眉望著林金德：「出國？不是取消了嗎？」

「我剛剛打電話給旅行社，他們說可以，機票什麼的都能補辦，只要明天準時到機場就好。」

「神經啊，不是要帶孩子嗎？」劉淑蓮擦著哲哲的嘴說道：「就是要帶孩子我們才沒去的啊。」

「對，所以我想等等就讓娟好來接哲哲。」林金德回答：「然後我們就按照原訂計畫出國。」

「啊哲哲明天就沒人顧啊。」劉淑蓮越聽越不對勁：「仲凱這幾天忙著趕業績，昨天還睡公司，娟好也忙不過來，明天白天誰要顧哲哲？」

「請保姆吧，那是他們的問題。」

「什麼叫那是他們的問題，你有事嗎？」劉淑蓮聽了不高興了，放下筷子。

「阿蓮，這次出國是我們規劃很久的，早早也跟他們講了，他們夫妻也說好，要自己帶，結果現在變節，應當自己想辦法吧？」林金德回答。

「仲凱和娟好就是沒辦法了，才請我們帶的，你才是突然變節吧？」劉淑蓮說道，繼續餵哲哲，並叨唸：「玩的事情什麼時候都可以，自己的孫子，帶一下是會怎麼樣？又不是別人。」

林金德不知道該怎麼說下去了，並不是什麼時候都可以，他想告訴劉淑蓮，他們都已經六十幾歲了，能靠著自己雙腳走動、遊歷四方的時間已經不多了，歲月似箭，也許一晃眼就七十歲了，而屆時他們卻還在帶孫子，而且孫子也才上小學。

他看了一眼藏在口袋，那老許給的堂哥的訃聞，決定晚上再試一次。

有哲哲在的夜晚，總是林金德哄哲哲睡覺的，晚上九點，劉淑蓮還在晒衣服，而林金德已經帶著哲哲，把客廳打掃過一遍，洗完澡在床上休息了。

林金德的左手拇指缺了一截，是年輕時在工廠做工，被機器輾斷的。哲哲總喜歡握著他殘缺的拇指睡覺，因為長度適中，能握好握滿，但隨著他長大，這種感覺恐怕就會慢慢消失了。

哲哲睡著後，劉淑蓮也差不多忙完進房了，林金德望著在鏡子前抹臉的她，輕聲說一句：「我們別帶孩子了吧？」

劉淑蓮停了一下，隔鏡子望向他，繼續抹臉：「你是有多想出國？等仲凱他們忙得差不多，再出去玩不行嗎？」

「我講的不是只有現在，我講的是，我們以後都別帶了。」林金德回答。

劉淑蓮沒說話，低著頭繼續把臉抹完，在晚飯那時她就有察覺到丈夫的不對勁了，她不知道發生了什麼事情，林金德很少這樣。

「你不帶孩子你要做什麼？」劉淑蓮耐著性子問道。

「過我們的退休生活。」林金德說道。

「你要過什麼退休生活？所以你以後不想再見到哲哲了？」

「我沒說不想見他，妳可不可以別跳那麼快？」林金德知道劉淑蓮在遷怒，準備要發火，便說道：「我們都老了，已經沒那個體力帶了。妳看看妳，這半年來每天腰都疼，撿那些玩具害的，這不是什麼好笑的事，我們要服老，現在走個樓梯都累得要死，哪有命去追著孩子收拾？」他沒說出口的是，哲哲晚上會哭的那一年，只要來過夜，他們夫妻就沒睡好過，得每幾個小時照料一次。本該是林仲凱和郭娟妤該承擔的事，卻由他們承擔了。

「啊哪個爺爺奶奶不帶孫子的？人家黃嫂他們也帶到國小畢業啊。」劉淑蓮反駁道。

「仲凱晚生，你知道哲哲國小畢業的時候我們幾歲了嗎？」林金德抓著這點說道：「七十歲了，妳要追著一個孩子折騰到七十歲？」

「我也沒說一定要帶到國小畢業，但就趁我們體力還行，多幫忙照顧點不行嗎？」劉淑蓮說道：「你不帶，以哲哲現在的年紀，你以為請保姆要花多少錢？至少兩萬塊一個月！娟妤和仲凱都問過了，要不是抽不到公立托兒所，他們也不會一直麻煩我們。仲凱現在事業才剛起步，我們不幫他，誰要幫他？仲凱工作都那麼忙了，你就不能多擔待點嗎？」

劉淑蓮說的都有道理，換作是以前，林金德也是這樣子想的，但此刻林金德卻全然聽不進去，他腦海裡只有老許說過的話，只看得見劉淑蓮臉上的皺紋，以及她剛洗完衣服，那雙泛白的雙手。

「孩子孩子孩子，妳怎麼想到的都是孩子？」林金德說道，語氣加重了：「從年輕時我們就為了孩子在奮鬥，我每天早上七點就出門上工，晚上十一點才回來，手都磨到沒有指紋了，硬是揹這房子的房貸。妳也熬成黃臉婆，我們多不容易才把孩子養到畢業，現在孩子的孩子出生了，我們還得再重複一次嗎？」

「重複什麼？現在又沒有叫你去工作，只是讓你帶孫子而已，你到底有什麼情緒啊？」劉淑蓮也火大起來。

「仲凱都三十幾歲了，我們在他這個年紀的時候，可沒有父母來照顧我們的孩子！」

「所以你現在是要報復就對了？反正你就是覺得煩，不想帶就對了？」劉淑蓮瞪著他，隨時就要挑起爭端大罵，但又隱忍下來：「你不帶可以啊，我自己帶，你就每天去睡覺，這樣你爽了吧？」

林金德不說話了，他辯不過劉淑蓮，他很生氣，卻無可奈何。

他知道這不是誰的錯，不是劉淑蓮的錯，不是林仲凱的錯，也不是郭娟妤的錯，只要他們兩老說出累了，兒子和媳婦就鐵定不會繼續麻煩他們，但重點是，他說不出口。

林金德在劉淑蓮面前敢這樣評判兒子來據理力爭，但若兒子真的出現在眼前，他又會心軟，又會覺得這是他的好兒子，捨不得說他半個缺點——林仲凱是真的很好、很孝順，每個月都會按時給孝親費，但在這個節骨眼上，林金德就是有一股怨氣發不出，他和劉淑蓮已經辛苦了大半輩子，憑什麼不能享清福？到底還要忙到什麼時候啊？

「阿公、阿嬤，你們在吵架哦？」這時，哲哲醒了過來。

「哎呀呀，沒有啦，哲哲你趕快睡，才乖。」劉淑蓮趕緊到床上安撫，並白了林金德一眼：「去關燈。」

林金德既氣餒又鬱悶的去關燈，原本打算放棄這件事了，誰知哲哲卻忽然說了一句話，讓事情出現轉折。

「媽媽明天在家裡，哲哲可以回去。」哲哲坐在床上說道。

「什麼？」林金德和劉淑蓮都是一愣。

「媽媽明天在家裡，哲哲可以回去。」哲哲再次說道。

劉淑蓮發出心疼的呼聲，趕緊去抱抱哲哲，她很訝異哲哲竟然聽得懂她和林金德在吵什麼，所以才提出要回去。他才三歲呀，多麼聰明又多麼令人捨不得！他們才不會覺得照顧他很麻煩呢，也絕對沒有想把他送回去！

但林金德聽到的卻是另一件事，也就是哲哲表達在語意中的事情：郭娟妤明天就在家裡，顯然是放假了，不用上班。

他頓時怒火中燒，他和劉淑蓮為了帶孩子的事爭執不休，還取消了出國的計畫，而這個懶媳婦竟然放假在家沒事做！

簡直沒天理了！

他沒有去問哲哲是如何知道郭娟妤在家，他氣呼呼的掀起被子，倒頭就睡，背對著哲哲和劉淑蓮。他已經下定決心了，他非得出國不可，他就是要去遊歐！

為兒子做牛做馬了大半輩子，總是兒子的一句話就打亂他們的生活，這回，他要為自己活一次！

第二章　匆匆忙忙的旅行，肯定是會有各種差錯的

隔天，林金德一大早就起床，見劉淑蓮和哲哲還在睡，他拿了鑰匙就悄聲出門，沒驚動任何人。

清晨六點的空氣十分涼，他帶了根雞毛撢子，跨過中庭，走出社區，他要去整理他的汽車。

他的車子停在數百公尺外的月租停車場，當年沒一併買下公寓停車位是他最後悔的決定，否則現在也不用走那麼遠。但在當時的經濟條件下，沒買停車位確實省了不少負擔。

「哼哼哼哼哼。」林金德吹著口哨，走進停車場的鐵皮屋，心情還不錯。

他有過兩台車，以前那台車很廉價，陪著他闖過年輕的歲月，早已報廢。後來的這台車則比較貴一點，是進口車，林金德都捨不得開，買七、八年了，里程數還不到一百萬公里。

他走進車棚內，掀開了黑色的防塵布，這車將近有一個月沒動過了，上次開是載劉淑蓮去看醫生，現在該重新出馬了。

兒子都笑說他這車是買來養蚊子的，一整年都開不到二十次，出門怕被撞、怕被刮、怕被開單、怕髒掉、怕找不到停車位，結果都買來放停車場裡當寶，不僅用厚厚的防塵布罩住，四個輪胎還用木

板擋著，怕狗來尿尿。

兩老出門反而都用走路的，不然就搭公車，兒子說這是本末倒置，要他們多開車，油錢他出也沒關係，但林金德從沒聽進去，他只想要他的車漂漂亮亮的，看著也舒服。

但如今，他的愛車該出馬了，養兵千日用在一時，他和劉淑蓮要出國，得靠它風風光光的載他們到機場。

林金德將防塵布及四個木板拆掉，用雞毛撢子稍微整理一番，然後就發動引擎熱車。雖然還不到出發的時間，但他決定熱兩次車，現在先熱一次，等會兒要開再熱一次，畢竟也一個月沒動了。

「好勒，搞定！」

他把車子弄好後，便去旁邊的早餐點買了些早餐。他們的時間並不充裕，十一點半的飛機，最好十點前就到機場，那麼八點左右就該出發了，沒時間讓劉淑蓮再做早餐。

況且，他根本還沒和劉淑蓮溝通要出國的事情呢。

當林金德提著早餐回到家時，劉淑蓮已經起床了，帶著哲哲在刷牙。

「你去哪裡？」劉淑蓮問道，並注意到了他手中的東西，便以為他是出去打牙祭：「這麼難得，你也會想吃外面的東西。」

「我和旅行社那邊說好了，我們等等就到機場去吧。」林金德說道，眼神有些飄忽：「我們到歐洲去玩。」

「蛤？」劉淑蓮一張臉皺起來，從浴室望出來，無法理解丈夫怎麼還沒放棄昨晚的事情：「你到底是怎樣啊？一定堅持要出國就對了，啊哲哲……」

「把哲哲送回去給他媽吧。」林金德打斷她說道：「我剛剛打電話給娟妤了，她今天確實沒上班。」

其實他根本沒打，一大清早的，他才不想吵到他兒子睡覺。他是從郭娟妤的臉書動態發現的，他研究了許久，才確定郭娟妤今天會找一群姊妹到家裡打麻將，而不是去上班。

現在的年輕人動不動就將自己的家務事PO上網，林金德以前很反感這點，但這次，他卻反而從中收穫，掌握了媳婦的動向。

「娟妤她今天沒事，她還要找人去家裡打麻將。」林金德冷冷的說道，並拿出手機，打開他平時不用的臉書，亮出照片給劉淑蓮看：「既然她這麼有閒，哲哲交還給她也不為過吧？出國是我們計畫很久的，行李都還沒拆呢。」他指著房間內的箱子說道：「妳不是一直很想去羅馬嗎？我們等一下收拾收拾，把哲哲載回娟妤那，就順道去機場了。」

「……」劉淑蓮還十分混亂，一向覺得丈夫慢吞吞的她，此刻卻有些暈頭轉向：「那明天怎麼辦？明天哲哲還是要有人帶啊？」

「他們夫妻倆會處理的啦，又不是小孩子了。」林金德說道：「難道娟好打麻將妳一點都不會生氣嗎？我們取消了人生第一次出國，是為了讓這懶媳婦在家快活的嗎？到底誰是公婆，誰才是媳婦？」

林金德難得說出了這麼尖酸刻薄的話，就是為了刺激劉淑蓮，而劉淑蓮聽完果然勃然大怒，但林金德趕緊打斷她的情緒，時間緊迫，他們不得不跳過批評媳婦的那一長串過程，直接進入結果。

「妳趕快去換衣服吧，我先餵哲哲，我們等等出發。」林金德說道，並帶著哲哲到餐桌去，餵他吃剛買來的蛋餅。他摸摸哲哲的頭說道：「等等我們回去找媽媽哦，你阿公阿嬤要出去玩哦。」他哄道。

「去哪裡？」哲哲天真的問道。

「去一個很遠很漂亮的地方。」

劉淑蓮站在原地，還有些凌亂，但見林金德都安排好了，她也只得接受。這心情的轉變是有點大，好幾天前她確實滿懷期待的要出國，但哲哲來了之後，她就沉澱下來了，現在又要滿懷期待，實在有些難以適應。

兩人並沒有什麼東西要準備，畢竟該準備的，好幾天前就準備好了。

八點整，祖孫三人準時出發，林金德開著車，劉淑蓮和哲哲坐後座，先朝林仲凱和郭娟好買在市區的家開去。

林金德默默的握方向盤，心裡七上八下的，他生平第一次做這麼衝動的決定。他不喜歡得罪人，不喜歡有衝突，但這次的行為卻滿滿的都是衝突。

他還沒和林仲凱及郭娟妤那邊說呢，他就這樣把孩子帶去，魯莽的出國了，他該怎麼面對他們？用什麼理由？想到這裡他手心微微冒汗，他是個溫和的父親，這輩子從沒和兒子有過什麼爭吵，等等他該怎麼說呢？

但是，一想到放在他口袋裡的，那份訃聞的重量，他就又狠下心來集中精神了。

這次不出國，以後不曉得還有沒有機會，劉淑蓮說有的是時間，她錯了，時間總是在一些繁瑣的小事上消逝，眨眼間他們就會老得走不動了；要像現在這樣雙方有所共識、查好路線、體力還行、定好機票和旅行團、昭告左鄰右舍，真的恐怕沒機會了。

林金德拐過兒子家巷口的彎，駛進熟悉的社區，然後就在馬路邊停下來。

「你幹嘛？」劉淑蓮問道。

「看仲凱出門上班了沒。」林金德回答。

林金德停在社區的停車場外，伸長脖子朝裡頭打量，尋找著兒子的車。林仲凱的車位他記得清清楚楚，當初買房子時，就是他幫他選的位置。

林金德很怕兒子在家，他會不曉得該怎麼和他說，但假如只有郭娟好在，那事情就好辦了，媳婦畢竟不是親生的，該怎麼做就怎麼做。

「仲凱的車不在，應該去上班了，我們走吧。」林金德說道，並將車子停在更近一點的白線上，熄火。

劉淑蓮不曉得林金德在打什麼主意，牽著哲哲就要下車，但林金德卻讓她留在車上，說自己帶哲哲上去就好。

劉淑蓮不樂意了，懷疑的問道：「怎麼不是你顧車？你到底想幹嘛？」

「沒幹嘛啊，我怕妳和娟好吵架嘛。」林金德心虛的說道，趕緊想了個藉口：「妳就留在車上，我上去和她說。」

劉淑蓮沒懷疑了，親了哲哲一下就讓他下車，把他交給林金德。

她不知道林金德根本沒和兒子媳婦溝通過，林金德打算將哲哲直接丟給媳婦，然後就溜之大吉，這當然不能讓劉淑蓮跟上來。

林金德帶著哲哲走向大樓，管理員認得他們，誇獎了哲哲幾句就開門放行。祖孫兩人搭著電梯向上，林金德忽然有點擔心了，假如媳婦不在家怎麼辦？臉書上說媳婦今天要招待姊妹，真的會準嗎？

這時哲哲突然說道：「媽媽今天要工作。」

「什麼？」林金德愣住，感覺不妙：「你不是說媽媽今天在家嗎？」

「媽媽今天在家工作。」哲哲頭頭是道的說著，講出他所知道的母親動向：「昨天來阿公家，媽媽說要乖乖待在阿公家，因為她要工作。」

林金德聽不懂小孩子的童言童語，但電梯也一下子就到了。

隔著門，聽房子裡頭有動靜，他就知道郭娟妤在家裡，是他多慮了。

他按了門鈴，很快的郭娟妤便來應門。她戴著髮箍，臉敷面膜，從門洞貓眼發現是公公來了之後，便趕緊開門，訝異的問道：「爸，你怎麼來了？」

一見到人，林金德忽然忘記要說什麼了，變得很緊張。郭娟妤招招手，請他進門，她以為是哲哲惹麻煩了，便對著哲哲嘟嘴，故作生氣。

「我沒有。」哲哲喊冤，坐到了他專屬兔子墊子上，朝媽媽搖頭：「我才沒有不乖。」

「是那個啦……」林金德語塞的說道：「我和你媽不想再帶孫了，所以把哲哲載來。」

「不想帶孫？」郭娟妤不能理解這句話，她疑惑的問道：「為什麼？發生什麼事了嗎，爸？」那響亮的聲音讓林金德覺得刺耳。

「沒事啦，反正就這樣。」林金德站起來，不想再多做停留，往門口走去。

「欸欸欸，爸。」郭娟妤驚道，將他叫住：「等等啊，今天不能再幫忙顧一下孩子嗎？我和仲凱都要忙欸。」

「妳不就在家嗎？是要忙什麼？」林金德語帶不悅的問道，看著客廳已經擺出來的麻將桌，還有廚房那美式吧台上的兩瓶紅酒，感覺是要開派對。

「我等等有客戶要來家裡呀，我今天有很重要的合約要忙的。」郭娟好說道。

郭娟好其實是做麻將桌生意的，負責麻將設備的銷售採買，家裡有許多麻將棋子，客房甚至還堆了幾張電動麻將桌。

她有時會找客戶到家裡來打麻將，畢竟是做這行的，要將產品銷售出去，脫離不了這個環節。但林金德夫婦始終看不慣她這職業，不管她打麻將是為了應酬還是幹嘛，他們都覺得很不正經，批評從沒少過。

老人家偏執的程度，甚至會向外人抱怨自己的媳婦成天打麻將，遊手好閒，卻不說她是為了工作，他們習慣用一種委屈的假象站在道德的制高點上，來獲得畸形的滿足感，博取外人同情。

「爸，不行啦，我等一下有大客戶要來欸。」郭娟好著急了，為了今天的採購合約，她可是準備了好久。臉書上所謂的要招待姊妹，她們都是客戶：「你們不能再幫忙顧一下嗎？顧到下午就好了。」

林金德霎時心軟了，被郭娟好拉著也走不了，他是那種背地裡能想出許多狠招，見面就氣勢盡失的人。況且他突然也覺得媳婦很可憐，要是搞砸了媳婦的生意，那可怎麼辦？

但這時哲哲又說話了：「阿公阿嬤他們要出去玩。」

「噓，哲哲你別亂說！」林金德抽搐的說道，他根本不想讓媳婦知道這件事。

「出去玩？」郭娟好一臉疑惑：「爸你們要出國？但不是取消了嗎？」

「別聽哲哲亂講，反正我和你媽不想再帶孩子了。」林金德一股怨氣上來，掙脫郭娟好的手就往玄關走。

「喂，爸！」

「爸！」

他將哲哲丟著，不顧郭娟好的喊話，快步就離開了兒子家。他心裡有一個結，他不想讓郭娟好以為他是想出國才不帶孩子的，並不是那樣，他才沒那麼膚淺，他就是不想帶孩子了，他和劉淑蓮都不想帶孩子了，就這樣，跟出國無關！

他三步併兩步的走出社區大門，車子沒熄火，劉淑蓮在車上，見他出來了便問道：「怎麼了，瞧你氣成那樣？」

「我沒有氣。」林金德回答。

「哼，還說沒有氣。」劉淑蓮默不在意的說道，繼續滑手機：「鐵定是和娟好鬧不開心了，叫我留在車上，怕我吵架，你自己還不是一樣。」

林金德沒有回答，踩下油門就走。

他在外人眼裡是個好好先生，只有劉淑蓮能從他那平淡老實的臉中看出他在生氣，畢竟是他太太。哲哲的事情搞定了，林金德心裡一輕鬆，加快車速就上了國道。他們住新竹，要到桃園機場並不算太遠，但還是沒本錢耽擱了。

今天是假日，機場停車處大排長龍，但林金德和劉淑蓮對這次的出國早就做足功課，有將排停車位的時間算進去，所以並不感到意外。

他們在機場航廈和旅行社的人會面，檢查了護照和簽證，並拿了機票，然後辦理報到程序。直到這一刻，林金德那浮動的心才稍稍沉澱下來，他們要出國了，要去那孕育出無數紳士名流的倫敦、有著「蒙娜麗莎」的巴黎羅浮宮、還有基督教的聖地，義大利羅馬。

「林先生，林太太，這邊請。」旅行社的人說道。

兩人是跟團旅行的，畢竟第一次出國，人生地不熟。這團共有十三人，全都是和林金德夫婦一樣的老先生、老太太，這點讓林金德十分自在，感覺自己可以融入群體之中。

眾人將行李過磅秤，準備託運，這是登機的流程之一，若行李太重，就必須另外寄放貨艙。林金德和劉淑蓮的行李沒超過重量，不必託運，他們往前走，接著要過安檢。

嚮導領隊囑咐他們身上有什麼違禁品要先拿出來，指甲刀、刮鬍刀都不能帶上飛機，行李中若有寶特瓶，還得將裡頭的液體倒掉或喝掉。

林金德和劉淑蓮謹慎的遵照指示，這些規定他們事前都知道了，但還是小心翼翼。可還是出了差錯。

「怎麼會有這個東西呢？」安檢人員在林金德的行李箱內發現違禁品。

他們拿出一個皮匣子，那是林金德放藥的盒子，裡頭有糖尿病和高血壓的藥。匣子過掃描儀的時候，跑出了類似尖銳物的東西，隨後安檢人員便從裡面取出了數十枚針筒。

「哎，那是我打胰島素的針。」林金德趕緊解釋，額頭冒汗。

他有糖尿病，這病會讓血糖控制不穩定，必須藉由打針來緩解，藥盒裡除了針筒，還有注射用的胰島素。

尖銳物是不能帶上飛機的，有影響安全之餘，嚮導見此狀況，立刻過來解圍：「長官吶，那是他糖尿病用的藥。」他對著安檢人員說道，並提醒林金德：「林大哥，醫生的處方證明，有帶嗎？」

只要有醫生證明，針筒一類的醫療用品也可以上飛機。嚮導早就知道林金德的狀況，再加上這團是高齡團，團中有慢性病的人不少，因此早就事先叮囑過大夥兒要帶什麼。

林金德趕緊往行李內翻找醫生證明，沒找到，他一著急，趕緊讓他太太再找找。

「我這也沒有啊。」劉淑蓮翻著包包說道：「你出發前有放進去嗎？」

「有啊，和藥袋一起。」林金德回答。

「藥袋不是放在家裡嗎？」劉淑蓮憑著印象說道，她記得林金德把所有的藥都拿出來，放進出國用的皮匣子內，徒留空的塑膠藥袋在桌上：「你藥袋放桌上吧？」

林金德想想才發現，完蛋了，他確實沒把藥袋帶出來，而醫生的處方箋就在藥袋裡。

「怎麼了？沒帶出來？」嚮導臉一黑，盯著林金德夫婦說道：「啊那麼重要的東西怎麼忘記了，我不是千交代萬交代嗎？」

「不好意思。」林金德皺著眉說，不死心的繼續翻找，但他知道他的確落在家裡了。誰叫他們臨時取消出國，又匆匆忙忙出發，嚮導也搞不清楚他們有沒有要去，所以前一天也沒特別提醒他們。

「啊，怎麼醫生證明就忘了帶呢？」林金德懊惱的說道，向嚮導求助：「現在怎麼辦？」

「不然那些針筒就不要了？」旁邊有人出嘴。

「那怎麼可能啊。」嚮導睜大眼說，糖尿病是需要照時打針的，沒了針筒那還得了，會出人命的。他想了想便對眼前冷漠的安檢人員說道：「兩位長官，嘿，能不能通融一下呀？」他雙手合十，作勢拜託：「老人家只是要出國玩，絕不是什麼可疑分子，帶這些針筒純粹是醫療用途，你們放行一下吧？」

安檢人員讓林金德再找找醫生證明，然後就檢查他的護照，如果沒有意外，他們是會放行的，畢竟每天都能遇到這種旅客，他們也見怪不怪。

但這時，另一名安檢人員卻在掃描儀中看到了另一個東西，他從林金德的行李箱中拿出了一個黃澄澄的小鴨玩具，這本身沒什麼特別的，隨後他們卻用刀子剖開了玩具，從中取出了一把藏在深處的打火機，還有幾枚圖釘。

「這是什麼？」安檢人員問道，語氣變了，帶著疑慮和警戒。

「哎呀，這個……」林金德額角冒汗，壓根兒不曉得為什麼會有這東西，他靈機一動：「肯定是我孫子放進去的啦！那是他的玩具，他喜歡亂玩，沒注意就塞進去了！」

「對呀對呀，是孩子放進去的！」劉淑蓮也趕緊附和，感到不妙。

他們的說詞縱然為真，但在安檢這種場合，也已經失去了可信度。飛行安全是最重要的一環，螺絲起子和打火機都是違禁品，被偷偷藏在玩具內，誰也不敢保證乘客這麼做有什麼意圖。

「林大哥，你怎麼這麼糊塗！在海關犯這種錯誤？」嚮導緊張兮兮的說道，覺得完了，這下別說帶針筒了，能不能通關都不知道。

「這些都不能帶哦。」更資深的安檢人員來了，她笑著就將玩具、打火機和圖釘放到鐵盤子內，接著打量那些胰島素的針筒：「這些針具也是，要有醫師證明才能上飛機。」

「哎，可是我就有糖尿病啊！」林金德喊冤，捲起袖子就讓安檢人員看他手臂的針痕，接著又撩起褲管，展示他青一片紅一片的腳踝，那是血液流通不良的結果：「不是騙你們的，真的是必需品。」

「林先生，基於剛才的突發狀況，我們還是要有醫生證明，才能讓您將這些帶上飛機。」安檢人員看著他的護照，態度強硬的說道，接著提供一個方法：「或者您現在打電話給平時就診的醫院，請他們將醫生證明傳真過來。」

林金德沒辦法了，只好將行李收一收，到一旁打電話去，讓其他人先通關。

但傳真什麼的，談何容易？今天禮拜六，醫院的門診都沒開，打給總機也是徒勞，對方請他工作日再撥來，等到工作日飛機都飛走了。

劉淑蓮和嚮導仍在協調，林金德知道都是白搭，他握著手裡已經被剖開的玩具小鴨，不禁有些怒意。出國的事先是被兒子林仲凱打亂，接著又被哲哲塞了這麼個玩具給破壞，他到底是有多倒楣？

十一點整，登機的最後時刻到了，林金德和劉淑蓮最終還是沒通過安檢，被留了下來，眼睜睜看著大夥兒離開。他們的機票還有部分的旅行團費，都白花了。

「這什麼海關，一點都不通人情！」劉淑蓮怒道，她十分生氣，顯然比林金德還要生氣多了：

「幾個針頭而已，難道可以劫機嗎？」

「噓，阿蓮，在這地方話不要亂講。」林金德說道，不得不打起精神，帶著劉淑蓮離開機場。

遊歐的事是澈底泡湯了，但林金德不甘心，不想就這麼回去，兩人就在機場附近的餐廳吃午餐，度著時間，思索有什麼替代方案。

「哲哲去哪裡拿的圖釘和打火機啊？」劉淑蓮很在意這一點，她覺得是林金德疏忽了：「要是吞下去怎麼辦？他是從櫃子裡面拿的？」

「應該從電視櫃拿的。」林金德回答，他知道劉淑蓮下一秒就要罵他，便岔開話題說道：「我飯吃完了，妳幫我打一下胰島素吧。」

劉淑蓮又唸了幾句，然後就從林金德的藥盒裡拿出他糖尿病的針具和藥劑。

林金德患糖尿病已經七、八年了，從退休前就有在吃藥控制，這些年都是劉淑蓮在他身邊照顧他，什麼時候該打藥劑、要打多少藥劑，劉淑蓮閉著眼睛都能算清楚。

「哎，你別動啦。」劉淑蓮用酒精棉片擦了擦他的手臂，然後熟練的打針。

林金德的身體非常不好，才六十幾歲就有糖尿病和高血壓，都是年輕時的積勞成疾，這讓劉淑蓮很沒安全感，但她沒說過什麼，只是盡可能的把他照顧好。

「我看看，我們現在在哪裡。」林金德攤開了他的大地圖，瞇著眼端詳著他們的位置。

既然去不成歐洲，就在國內旅遊吧，他們行李都帶出來了，不可能打道回府。劉淑蓮沒什麼意見，要回家、要改地方玩都可以，只是要快點決定好，她不喜歡拖泥帶水的在這裡耗時間。

「你怎麼不用手機？現在用手機也有地圖。」她提醒林金德，並拿出她的手機來，她不像林金德那麼古板。

「那個我不會用，什麼導航的，上次仲凱幫我們設定過一次，結果害我們迷路，記得嗎？」林金德回答，他對電子產品可沒什麼信心。

「所以你想去哪裡？」劉淑蓮沒耐心的問道，一面滑著手機，心不在焉的說道：「娟妤問你怎麼都不接電話？還問哲哲有惹你生氣嗎？」

這話讓林金德的腦袋一下炸了，他刷的一聲收起地圖，伸手就想拿走劉淑蓮的手機。

他把哲哲直接丟給郭娟妤後，就接連接到了郭娟妤打來的電話，但他都不理，他關靜音，連一通都沒有接，line的訊息也沒有理。然而他太遲鈍了，郭娟妤沒辦法聯繫到他，自然就會打給他太太。

「你幹嘛？」劉淑蓮抓著手機閃開，不懂林金德伸手過來是要做什麼。

「妳把手機給我一下。」林金德說道，他不想讓太太和郭娟妤聯繫，要是讓郭娟妤知道他們沒出國成功，那還得了？

「給你做什麼？」劉淑蓮懷疑的問道，將手機拿更遠了：「老頭子，你最好講清楚喔，發生什麼事了？」

林金德猶豫半天，自知在老婆面前隱瞞是絕不可能成功的，只好將事情一五一十道來，說他根本沒有問過林仲凱和郭娟妤，就鬧了罷工，將哲哲送回去。

「啥？」劉淑蓮聽完先是不可置信，接著大為光火：「你是哪條神經出問題？突然鬧這齣，是給大家找麻煩嗎？」她打開手機就要回復郭娟妤的訊息。

「別別別！」林金德伸手就搶過她的手機，這次搶到了。

「林金德，你別太過分了！」劉淑蓮生氣的喊出他的全名。

「我……我哪裡過分了？」林金德心裡一委屈，底氣忽然足了起來，他不示弱的看著劉淑蓮的眼睛說道：「妳也知道我一身病，我就想出國，趁著現在還能走，不行嗎？」

這話讓劉淑蓮愣了一下，但接著她回嘴：「出國就出國，有必要搞成這樣嗎？你要出國，可以講出來大家溝通呀。」

林金德憋著，不講話了，以他們家的氛圍，是要怎麼溝通呢？以他在兒子面前的形象，難道他能拒絕兒子，說出國就出國嗎？這是一個難題，他們夫妻倆都一個樣，一見到兒子就沒有了自我。

「手機還給我。」劉淑蓮說道，瞪著林金德。

「不。」

「不？」劉淑蓮傻眼，林金德第一次敢這樣和她說話：「你現在想怎樣？」

「妳先答應不能回兒子和媳婦的訊息，我才要還妳。」

「為什麼不能回？」劉淑蓮反問。

「要是讓他們知道我們沒出國，豈不是又要再帶孩子？」林金德執著的說道：「我們沒有要回去，都出來一趟了，不玩過癮不罷休。」

「你就想著自己過癮，你沒想到孩子沒人帶，還過癮勒，過癮！」劉淑蓮心中一把火生起，接連捏了林金德好幾下，也不顧是在公眾場合。

林金德頓時被捏得失了銳氣，他縮著身體，依然死活不交出手機。他很懊惱，要不是沒帶醫生證明，他們早就上飛機了，哪裡還得煩惱這些事情？

匆促之下，他決定往北走，絕對不回家，離家裡越遠越好。他將手機還給劉淑蓮，雙方講好，劉淑蓮不能回兒子媳婦訊息，但他也有所退讓，得同意劉淑蓮在路上買一堆伴手禮。

林金德很不喜歡劉淑蓮買伴手禮，他有糖尿病，那些糕餅他吃一口都過量，劉淑蓮又喜歡買很多，最後都吃不完。

然而如今已經管不了那麼多了，他們都到了這個年紀，趁這次出來，想做什麼就什麼吧；讓劉淑蓮買伴手禮，何嘗不是一種解放呢？

第三章　想要在淡水老街買洗衣機，是不是搞錯了什麼？

林金德帶著劉淑蓮一路往北開，可笑的是，他們都還不知道要去哪裡，劉淑蓮已經開始買伴手禮了。

離開桃園後，他們到林口買了鳳梨酥，接著又在五股下交流道，買了些名不見經傳的豬肉乾，都是劉淑蓮在網路上臨時找到的。

林金德很熟悉她這樣的購物模式了，上次去日月潭，她也是買了一大堆。她就是最典型的那種「阿嬤」，買的這些都是要給家人吃的，總是惦記著兒子喜歡吃什麼、孫子喜歡吃什麼，出手毫無節制。

但看著她臉上滿足的笑容，林金德也不好說什麼了。

「呃，不如我們去淡水吧？」林金德將計就計的說道，既然已經來到這麼北邊了，不如就去淡水：「妳我年輕的時候好像去過一次，後來就沒再去過了。」

「淡水有那個『阿婆鐵蛋』。」劉淑蓮馬上想起這個名產，眼睛一亮：「哲哲喜歡吃那種ＱＱ

的，但是要切小塊，如果噎到就完了。」她嘀咕著。

「現在過去不曉得有沒有地方住，那種景點好像都要預約的。」林金德顧慮的說道，他們出遊的經驗並不多。

「你要住？」劉淑蓮眼神不對了。

「不住嗎？行李都帶了欸。」林金德看了看後座。

「嗯。」劉淑蓮默許了，但顯然不是很同意。

就這一剎那，林金德忽然覺得自己其實也沒有很想住外面，他甚至不想去淡水，這整趟旅程，好像都是為了出遊而出遊的，帶著賭氣的成分，這是他的初衷嗎？

林金德的心態嚴重動搖了，他捏緊口袋的訃聞，覺得再這樣下去不行，他必須找到這趟旅程的意義，找到他繼續下去的理由，這樣他才能明白他的餘生要做什麼，澈底從「帶孫子」這件事上解脫。

「喂，阿蓮。」車開在國道上，林金德喊了一聲。

劉淑蓮好不容易整理完了她的伴手禮戰利品，正在閉眼休息，一聽到林金德的話便不情願的回聲：「幹嘛？」

「妳這輩子有沒有什麼想做的事情？」林金德問道。

劉淑蓮陷入沉默，心裡想的是，這老頭真的不對勁，一路上堅持一些有的沒得就算了，現在突然問什麼哲學問題？

是不是更年期到了啊？但男人有更年期嗎？就算有，不會來得太慢了吧？

「阿蓮，妳有聽到嗎？」林金德問道。

「哪有什麼想做的事。」劉淑蓮沒好氣的說，一面揣測著林金德想幹嘛：「你別給我添麻煩就好了。」

「我是問認真的，妳難道都沒有一點想做的事情？」林金德舉例：「比如，妳不是想去羅馬嗎？現在不能去，我們可以以後去。」

「那就去羅馬唄。」劉淑蓮敷衍的說。

「現在去不成啊，小一點的事情也可以，比如有沒有什麼想要的東西？」林金德說著，並靈機一動：「對了，妳不是一直很想要一台新的洗衣機？」

「怎樣，你要買給我喔？」劉淑蓮板著臉孔說，卻憋不住笑出來：「老頭，你該不會是更年期到了吧，突然這麼多愁善感？」

「什麼更年期……」

林金德呢喃著，心思卻一下子飄遠了，猶記他曾經有過一個很想要的東西，卻忽然間想不起來了，究竟是什麼呢？

他不確定「為自己而活」這件事得淪落到用買洗衣機來達成，是不是正確的，但他現在就是很想記起來，自己一直渴望得到的東西，究竟是什麼。

然後，他知道了。

他開著車，時光彷彿回到了三十年前，他用他那台舊車載他的主管去台北開會。當時因為景氣不好，工廠訂單已經少了許多，他們這些沒被裁員，又閒置出來的人力，便會被安排做一些雜事。

那天，他正好奉命載主管北上開會，一樣的方向、一樣的路線，都是走國道三號。他清楚記得他主管還嫌棄他這台車破舊，整趟路他們沒聊過幾句話。

那段日子正值台灣加入ＷＴＯ（世界貿易組織），面對貿易方式的變化，林金德所處的輪胎工廠首當其衝，所有的訂單都被對岸更廉價的勞力條件給搶走，工廠若不移去大陸，就只能倒閉。

兩次裁員，林金德都挺下來了，但一波波的減薪，卻讓他的生活陷入困頓之中。他最掛心的，還是他的孩子，林仲凱。

林仲凱要上幼稚園了，當年還沒有什麼托育補助，劉淑蓮打零工的地方也不再允許帶孩子去了，因此孩子只能送幼稚園。而在幼稚園的選擇上，他和劉淑蓮爭執過好幾次，當年十分流行「雙語幼稚園」，除了學中文，還得學英文，費用就硬生生多了三千元，一個月。

「淑鈴他們家的也是上雙語，兩萬多塊月費，比我們家多五千多塊。」回憶裡，劉淑蓮搬出她姊姊的孩子說道，她是堅持林仲凱讀雙語的：「小孩的英文能力從小就要培養，現在哪個孩子不學英文？」

「可是上小學不是就會教了嗎？孩子才四歲，他能聽得懂多少英文？」林金德當時這麼反駁，他認為劉淑蓮是站著說話不腰疼，劉淑蓮靠打零工賺的錢，有一半都拿回了她娘家，可以說家裡的支出完全是由他林金德負責的。

剛被減薪的他，每個月多三千元實在是不小的負擔。

「你想讓孩子輸別人？」劉淑蓮不耐煩的說道：「我們兩個已經夠沒出息了，你不讓他讀雙語，他將來會恨你的。」

就這話讓林金德不回答了，默默的就將該月的薪水又拿了三千出來，存作林仲凱的學費。而那筆錢，他原先想給自己過個生日，買套新襯衫的。

想到這裡，林金德回過了神，他透過後照鏡看向後座，看到的不是劉淑蓮那大包小包的伴手禮，而是當年他主管那身閃亮亮的名牌襯衫。

他主管年紀比他小，卻是他的上級，一路上對他頤指氣使，他卻只能唯唯諾諾。林金德當時並不感到埋怨，也沒特別委屈，他只是想著，若能擁有一件和他一樣的昂貴襯衫，說不定他的命運會有所改變。

這個印象深深的烙印在他腦海裡，這麼多年過去了，他依然能感覺到當時亟欲脫離貧窮的渴望。當然，他最後沒買襯衫，錢都用作林仲凱的學費去了，彷彿他對於襯衫的期望，也跟著寄託到林仲凱身上一樣，只希望這唯一的兒子能夠帶著他們夫妻揚眉吐氣、出人頭地。

「其實我年輕的時候，很想買一件名牌襯衫呢。」林金德不自覺的就向太太吐露起這件事，他想起來了，他很渴望得到的東西，就是那件襯衫。

「襯衫？」劉淑蓮心不在焉的說道，看著車窗外回答：「你櫥櫃裡不是挺多的嗎？」

「不是普通的，是像阿瑪尼那種名牌襯衫。」林金德解釋道。

「哦，阿瑪尼，仲凱有一件啊。」劉淑蓮記得這個字詞：「好像是生日的時候娟好送給他的，貴得很，他們年輕人真的很愛亂花錢，一件衣服幾萬塊也在買。」

「哎，有時候值得嘛。」林金德不知道該怎麼說下去，話題已經被扯遠了。

襯衫當年沒買，現在也不可能再買，年輕時錯過的東西就是錯過了。

而養孩子這件事並沒因此結束，「雙語幼稚園」不過是個開端，林仲凱上小學後，接踵而來的就是各種補習。猶記他和劉淑蓮去參加親師座談會時，劉淑蓮和幾對家長聊開了，太太們熱衷的討論著「低年級最關鍵」、「打好基礎很重要」，他只能在一旁陪笑。

劉淑蓮見他不明事理的模樣，當場就點醒他：「仲凱要補英文和數學。」

「哎？」林金德自然是愣住，腦袋卻反射性的理解到，那背後所代表的高昂學費。

他不懂為什麼那麼小就要補習，補習好像成了一種流行，不只補學科，還要補才藝，好像誰家的孩子沒有補，誰家的孩子就輸了，他和劉淑蓮年輕時可沒有這種事啊？那時哪來的補習班呀？

為了讓林仲凱補習，劉淑蓮開始做起家庭代工，她本身就有在工作，下班後還得再繼續做手工，兩隻手綁雨傘骨（用鐵絲將雨傘主幹綁緊）綁得傷痕累累，只為了賺那一丁點外快，林金德現在想來都心疼。

他們夫妻學識都不高，只能做些勞力工作，劉淑蓮一直在花卉市場打零工，替人送花、綁枝條，沒有固定的頭家（老闆），也沒有固定的薪水。相較之下，林金德還不錯，他早早就進入了輪胎工廠，是資深雇員，有退休金，退休前還撈了個主管職務，苦盡甘來。

扯遠了，總之，那段時間是真的很苦的，被錢追著跑，房子的貸款還沒繳完，孩子又在花錢。當林仲凱升上國中時，林金德已經麻木了，無論劉淑蓮再對他說什麼「基測」、「會考」、「模擬考」，他都只會笑著點點頭，問還要再花多少錢、補多少習。

「阿蓮啊，我們這次出門帶了多少錢？」想到這裡，林金德向劉淑蓮問道，思緒一下子清晰起來。

「八萬多吧。」劉淑蓮說道，家裡的帳都是她在算的。

「嗯……」聽到這麼一個數字，林金德心裡複雜起來。

那要是在過去，得是多麼可觀的數字啊，能夠繳林仲凱一整年的補習費。但時至今日，八萬多能帶給他們的感觸，完全比不上當年缺錢的時候了。

「我們把八萬塊都花光吧。」林金德說道。

「啥？」劉淑蓮以為自己沒聽清楚。

「我們把這八萬塊都花光。」林金德篤定的說道。

雖然出國不成，但要把這八萬塊花光也不是什麼難事，而且林金德就是要這樣做。他和劉淑蓮已經辛苦了大半輩子，為了錢，為了兩千、三千的補習費忙忙碌碌一生，現在犒賞一下自己，並不為過吧？

他就要把八萬塊花光，隨便花都可以，這就是他現在要做的事情。

「你瘋了啊，臭老頭！」劉淑蓮抬高音量，覺得林金德越來越不可理喻了：「錢這次沒花到，可以留到下次出國啊。」

「就是這次要花完，妳可以儘量去買伴手禮，買多少都沒關係。」

「八萬塊，那得買到堆成山了！」劉淑蓮不解的搖著頭說道：「況且錢也不在我們身上，都在戶頭裡，嚮導不是說了嗎，到國外才會用VISA（金融卡）再領出來。」

「那就現在取出來。」林金德說道。

「取你個頭！」劉淑蓮抱住了她的包包，警戒的說道：「八萬塊也不全是我們的，還有仲凱和娟好給的好嗎？你要亂花也不是這個花法。」

他們這次出國，兒子和媳婦贊助了大約三萬元，想到這裡劉淑蓮又高興起來，可以把錢還給兒子了，看來不出國也不全然是壞事。

「難不成還是好事了？」林金德聽她這樣講，不禁興起一股怒意：「我們有沒有這麼悲哀呀，年輕的時候為孩子想，到現在老了還要為孩子想，這事什麼時候才能完了？」

「完什麼完，你就這麼個兒子，不替他想是要替誰想？」劉淑蓮回答，且也忍無可忍了：「林金德，你說清楚，你到底是怎麼了？跟吃了炸藥似的，今天好像變了個人，完全都不像你了。」

「我沒變。」林金德抓著方向盤，默默生著悶氣：「我們去買洗衣機吧。」

「什麼？」劉淑蓮傻眼。

「就去買洗衣機，看妳要哪一台，八萬元綽綽有餘。」

「你瘋了，買洗衣機？」

「就買洗衣機。」

※　※　※

林金德和劉淑蓮如計畫來到淡水，這時已接近傍晚，天色轉暗。除了早餐，兩人一整天什麼都沒吃，正尋找著餐廳，但林金德還在叨唸要幫太太買一台新的洗衣機。

在淡水老街要買洗衣機是一件很荒唐的事，落眼四處不是在賣烤魷魚、就是在賣桂花餅等等小吃，偶爾會錯落幾間咖啡廳，和一般的觀光夜市並沒有什麼兩樣；唯一的差別，就是旁邊的水岸以及渡船的塢口，畢竟是個以碼頭聞名的景點。

這種地方不可能會有什麼電器行的，但林金德卻不放棄，兩隻眼睛左顧右盼，物色著該買些什麼奢侈品。

劉淑蓮鬱悶的抱著包包，她知道林金德還覬覦著她卡裡的八萬元，她得顧好它才行。她已經沒什麼興致遊玩了，連「阿婆鐵蛋」都不想買，她觀察著林金德，思考著這老傢伙到底想做什麼。

以往不管是在家裡還是在外面，總是她說了算，林金德都沒什麼意見，是著名的「聽老婆」代表。但這回卻反過來了，從早上被匆匆帶出門開始，她到現在還沒緩過來，林金德說要去哪就去哪，她完全主導不了。

她知道林金德有鬼，她看到了他口袋裡藏有東西，好像是什麼紙、還是什麼文書，她很不安，覺得那不是什麼好事，難不成是什麼高額罰單？還是家裡欠錢要被拍賣的法院判決書嗎？

劉淑蓮天馬行空的想著，林金德的一句話卻讓她回神了：「我們今晚就住這裡吧。」

她抬起頭，看到了一棟高聳氣派的五星級飯店。

「啊？你真的要住淡水？」劉淑蓮問道。

「對，反正妳就聽我的，先玩。」

飯店門口豪車來回穿梭，巨大的噴泉水聲鈴鈴，二樓有漂亮的落地窗，展露著數公尺高的水晶吊燈，不說便知它的華麗與高消費。

林金德當下就決定要住這裡了，還要回頭去把車開來這裡的停車場，晚餐也在這裡用。對此，劉淑蓮沒什麼意見，他們若是出國，住的花費也和這裡差不多，但她忌諱著林金德會做出什麼怪異的事。

「好的，那您就先訂一晚嗎？」櫃檯人員問道，與林金德接洽住房的事宜。

「對，就先一晚吧，我們要最貴的房間，看有沒有總統套房。」林金德說道，指著房型的圖鑑說道。

「我們最好的只有這間『尊爵套房』哦。」櫃檯人員微笑著回復：「稍後為您安排，這邊先為您結帳。」

林金德看向劉淑蓮，劉淑蓮白了他一眼，只好從包包裡拿出信用卡結帳。她不願去看價目表，只希望林金德別再提什麼總統套房，多丟臉而已。

兩人搭電梯上樓，準備入住，林金德不放棄要買洗衣機的事情，便向樓層的接待人員詢問附近是否有電器行。

「哎呀，那要到市區去，在老街對面那一頭。」對方說道，含糊的就指向一個方向，但態度很熱心：「你們是來旅遊的嗎？怎麼會想買電器？」

「沒事，就是問問。」劉淑蓮搶著回答，拉著林金德就想往房間走，不讓他繼續說。

但林金德卻覺得這個年輕人很親切，穿著襯衫，梳著油頭的模樣帶著一股神采奕奕的氣質，有點像他兒子。重點是，他的制服和其他人不太一樣，其他人的襯衫是淡紫色的，他的卻是白色的。

「哦，因為我是工讀生。」對方說道，幫他們將行李拿到房內，有話直說道：「我們飯店，工讀生和正職人員的制服不一樣。」

「原來如此。」林金德點點頭，他想起他也想買一件襯衫，這或許就是他注意到年輕人衣著的原因，他的制服很好看。

住房打點好後，林金德和劉淑蓮下樓用餐，他們兩個算是鬧僵了，一頓飯算下來不便宜，林金德卻吃得索然無味。難得來到淡水，理應逛逛漁人碼頭、坐坐渡船或到河岸喝杯咖啡，但劉淑蓮臭著一張臉，顯然是沒這個興致。

吃完晚餐後，林金德去牽車，將原本停在停車場的車開來飯店。結果在飯店外幫忙停車的泊車小弟，竟又是剛才那個樓層接待人員。

「你怎麼在這裡？」林金德降下車窗問道。

「叔，怎麼又是你呀？」年輕人也十分意外。

就這聲「叔」，讓林金德好感倍增，覺得自己不是被當成客人，而是被當成朋友，格外多了一份親切感。他讓年輕人給自己泊車，一面和對方聊開來。

他叫他「叔」，他就叫他「阿弟呀」，他從他制服的名牌看到他叫做鄭立德，是個好名字，但鄭立德不喜歡這個名字，覺得太「菜市場名」；當林金德提起自己叫林金德，兒子叫林仲凱時，鄭立德也不避諱，直接說他們的名字也很通俗。

林金德大笑，那是他們那個時代取名的特色，現在的人應該很少這樣取了。

「我不是正職的，所以樓下這邊人手不足，我就被叫來支援了。」鄭立德解釋起自己出現在樓下的原因。

「哦，那你也挺厲害的，泊車也會。」林金德說道，看著自己的愛車由別人來開，竟不會感到緊張，也不怕會撞到什麼的。

「我們工讀的什麼都要會。」鄭立德回答：「因為不是固定聘僱的，會的越多，就能留得越久。所以我主管說，工讀生真的比正職好用太多了。」

「那怎麼不當正職呢？」

「噢，因為我還要讀書。」

這個二十多歲的年輕人，林金德現在又覺得不像他兒子了，他比較年輕，也比較獨立，早早就開始打工。林金德倒從他身上看到了自己的影子，自己當年也是這麼早就開始工作。

「對了，叔，我幫你查到了，附近就有一家電器行。」鄭立德說道，一面給車子熄火，鑰匙交到林金德手上。

「咦？你真的查了？」林金德很意外，大家總以為他是隨口說說，沒想到真有人幫他找了電器行。鄭立德拿出自己的手機給他看，並告訴他怎麼走，但林金德此時的興趣已經從洗衣機轉移到眼前的年輕人身上，他想知道他讀的是什麼書，為什麼要在這裡打工？工讀生的班又是怎麼上的？

「我讀商科的啦，但讀的沒有很好。」鄭立德說道，帶著林金德回到飯店門口，兩人繼續聊著：「打工只是為了賺錢出國，暑假打算和朋友去日本玩。」

「原來如此。」聽到這裡，林金德有些失望了，他原以為鄭立德工作是為了拿錢回家、幫忙家裡呢。但他想想，觀念又轉變了，現在的年輕人早早就知道要為自己而活，賺的每一分錢都花在自己身上，他卻一直到了六十幾歲才開始思考這件事。

究竟誰比較聰明，誰比較笨呢？賺錢給自己花有什麼不對嗎？難道拿錢奉養家裡就比較高尚嗎？他還得被困在這種刻板思維裡到什麼時候？

「話說，叔，你們明明是來旅遊的，到底為什麼要買洗衣機呀？」鄭立德好奇的問道：「你們不是這裡的人吧？」

這問題讓林金德一下子心牆全打開了，他將他們夫婦原先要出國，結果臨時變故，後來又趕到機場，卻過不了安檢的事情全盤托出，最後才輾轉來到淡水。

鄭立德認真的聽著他講，他站在泊車的櫃檯崗位上，讓林金德就坐在飯店外的長椅子上訴苦。這樣的熱心讓林金德更加敞開心懷，他把他不想再帶孫子的事情一併也講了出來，這是家醜，但他還是選擇講出來，畢竟他無從對人訴說，劉淑蓮也不會懂，或許鄭立德能了解他的掙扎。

「我和我太太從年輕時就為了兒子做牛做馬，現在有了年紀，還得再帶孫子，沒有清閒的一天。」林金德繃著臉說道：「真的夠了，自己的人生要自己作主了。」

「你兒子是做什麼工作的呀？」鄭立德問道。

「在遊戲公司負責設計。」

「所以是工程師？」

「呃，也不算是欸。」林金德搔搔腦袋說道，他其實也搞不太懂兒子做什麼：「他是負責設計遊戲的人物，就那些臉蛋什麼的，還有身體……那些動作還有效果。」他描述著，實在不想說，林仲凱就是畫畫的，總覺得畫畫兩個字說出口就弱掉了。

「類似美術編輯？」鄭立德說道。

「對！」林金德連忙笑道，其實他對自己的兒子頗為自豪，趕緊用上他記起來的一個詞彙簡稱：「他就是美編。」

「哦，那不錯呀，現在很缺美編。」

「但他原本可以更好的。」說到這，林金德又有些怨言了：「我和他媽拉拔他讀那麼多書，就是希望他能學很專精的東西，結果跑去畫畫……」想想他又補充：「當然畫畫也沒什麼不好，現在的年代跟以前不一樣，但還是有些遺憾。」

「聽起來，你們好像對他有很大的期望，不然你們希望他做什麼？」

「做個律師、醫師都好，不然工程師也可以呀？當初聯考放榜，他是有那個機會的，竹科那個時候正夯。」林金德悻悻然的嘆口氣說道：「但現在講這個也沒用了，當初我和他媽為了他這個升學，吵了好久，死了好多腦細胞。」

林金德又不得不提起他們夫婦省吃儉用、含辛茹苦給林仲凱讀書補習的那一段了，他也不能說自己委屈，畢竟那是他身為父母該做的，但到了這個年紀再回首，他心裡就是有一股鬱悶。

「你兒子算不錯呀，書讀得不錯。」鄭立德若有所思的說道，心裡醞釀著一個問題：「我問你喔，假如你兒子當初書讀得不好，成績都不及格，你會怎麼樣？」

「不及格喔……」林金德大致知道鄭立德在問什麼，他內心不禁浮現一段往事。

當年他在輪胎工廠工作時，旁邊有一位很好的同事，他們一起做工有十多年了，林金德拇指被傳輸帶夾斷時，就是他按停了機器，幫忙叫救護車。

那位同事的孩子，成績非常不好，是屬於放牛班那種，還愛打架，但他們夫妻堅持只有學歷能翻身，還是讓孩子繼續讀書。

林金德每每與同事談起孩子時，同事總是惆悵的，有時候還會眼眶紅，孩子不爭氣，對父母是最大的哀傷。舉個例子，當你每個月加班到沒日沒夜，只為了多賺那兩千塊的補習費，結果回到家時看到成績單上的紅字，還有老師寫的不留情的評語，你做何感想？

真的會欲哭無淚，打罵都無從下手了。

「但你們工作辛苦，我們就一定要考好嗎？」鄭立德卻忽然反駁了：「我自己就是成績不好的那種，所以才出來打工。」

林金德愣了一下，但還是回答：「學生的本分不就是讀書嗎？沒有及格，要怎麼對得起父母？」

「一定要及格才是對得起父母嗎？」鄭立德話變得銳利，彷彿是想到自己的經歷，但他微笑著，仍記得收斂自己的情緒：「父母都只知道自己的辛苦，但沒有想過我們要什麼，我沒有要補習，也沒有想要變成律師還是什麼師，你們就只是一廂情願的付出，要孩子變成你們要的樣子，才算是得到代價，否則就是對不起你們，這樣對嗎？」

林金德眉頭深鎖，他原以為鄭立德會同情他的遭遇，沒想到他卻講出了這麼一番反駁他的話。於是他回答：「但你們不好好讀書，未來要做什麼？人生只有一次，應該要為自己負責吧？」

「我們會為自己負責。」鄭立德回答。

「你們要怎麼負責？到時候在外面活不下去了，還不是要父母幫忙？」

「難道一定要照你說的變成律師還是醫師，在外面才活得下去嗎？」鄭立德睜大眼搖著頭說道，這場已經淪為說教的談話已經讓他感到厭煩：「你兒子很乖，國中高中成績都不錯，照著你們的期望走。但你們有沒有人問過他，他過得開心嗎？讀書壓力大不大？真的喜歡數學嗎？喜歡英文嗎？他甚至連『不及格』的權力都沒有，因為他的父母會崩潰，認為自己所做的一切都白費了，人生失去意義！」

「……」林金德頓時語塞。

「然後呢，他大學考完了，這次他終於決定做一次自己，所以他去畫畫了，他掙脫了你們的情緒勒索，他不照你們的想法走了，你們為何不替他高興？」鄭立德嚴肅的說道：「你們的兒子很勇敢，若不是他當年的這個決定，他現在還活在你們的陰影之中，過著他不喜歡的生活。」

「這……」林金德被說得簡直腦袋要炸開了。

鄭立德的話字字刺耳，但他明白他說得沒錯，什麼情緒勒索的，他常常聽到這個詞，卻從來不明白箇中意思，原來他和劉淑蓮當年所做的，就是一種情緒勒索嗎？

鄭立德不認識他的兒子，卻比他還懂他的兒子，從他的話裡，林金德彷彿能窺見當年選擇大學時，林仲凱內心的煎熬與遲疑——父母總是希望兒女走踏實穩定的路，而兒女總是對夢想有那麼一份憧憬與希冀，說的是這樣簡單而老套的事情，但鄭立德卻將更細微的部分剖開了。

「叔，所以你們這趟的不開心，問題還是在放不開孩子呀。」鄭立德說道，趁林金德還恍神時，將重點就拉回林金德身上：「你現在應該想，你自己想要什麼。你兒子已經做到了，現在該想想你的了。」

「對。」林金德如醍醐罐頂，望著鄭立德就猛點頭，他難以想像這個二十幾歲的年輕人竟然看事情這麼透徹，把道理都說到他心坎裡了：「我這次出來，就是想要為自己活一次，不想再掛心兒女的事。」他捏著口袋裡的訃聞說道：「要再不出來走走，就得坐輪椅了。」

「那叔，你想買洗衣機是怎麼回事？」鄭立德接著問道：「你有很中意的洗衣機？」

「洗衣機不是我要的，是我太太要的。」這事林金德還得解釋一下，他的主要目的是把八萬元都花完，好不容易出遠門，不可以這樣又把八萬元帶回去。雖然這作法很膚淺，但已經是他所能想到最好的方法。

「是這樣呀。」鄭立德點點頭，眼神飄動著，似乎想到了什麼：「但洗衣機是你太太要的，你自己有想要什麼嗎？」

「這就是傷腦筋的地方，我還在想要買什麼回去。」

「既然這樣，叔，我知道有一個東西很適合你現在的狀況，你可能會很喜歡。」鄭立德笑著說道，不知不覺已經坐到林金德的面前：「而且價格也差不多八萬元。」

「咦？是什麼東西？」林金德很有興趣，畢竟要花光八萬元也不容易。

「你有聽過生前契約和納骨塔位嗎？」

第四章　生前契約，一份特別的禮物

生前契約，是指人在還活著時就和殯葬業者簽訂契約，安排死後的殯葬事宜，由自己來計畫自己的後事；而納骨塔位，是指人在火化之後，骨灰安置的地方，這些地方可能是寺廟、神龕、寶塔，需付上一筆錢才能使用。

鄭立德冷不防的就從嘴裡提出了這兩個字眼，他穿著襯衫，梳著油頭，模樣依舊，但形象卻變成了林金德所見過的，那種會推銷靈骨塔的黑衣人。林金德曾在友人的喪禮上被這種人纏上過，他都還沒死，對方已經想替他安排後事了，簡直有病。

「叔，你聽我說。」鄭立德見林金德沉著臉，趕緊說道：「我也是看你想花這八萬元，如果有冒犯不好意思。」

「不是啊，你讓我買靈骨塔是什麼意思？」林金德抿著嘴問道：「我人都還沒死呢。」

「叔，不是這樣講的，你知道，人不管這輩子過得多麼快樂，終將一死的。」鄭立德靈光的腦袋轉一轉，馬上準備好了他所熟悉的說詞：「現在人的想法慢慢在變，與其走後把問題丟給家人，有越來越多人會提早規劃自己的後事。」

他接著說道：「有時候我們走得突然，家人根本不知道怎麼處理，但假如我們生前就規劃好了，就可以走得風風光光，很體面。就像立遺囑一樣，立遺囑又不代表詛咒自己要死，有什麼好避諱的？」

「但立遺囑都是快死的時候吧，現在還很健康，就講這個會不會太早？」林金德問道。

「叔，生死有命，有時候人走的突然，你無法預料。我也沒有說現在就要買塔位，但我們可以先看看，在晚年就先慢慢了解。」鄭立德溫和的說道，見林金德的態度已經沒有那麼排斥，便補充：「重點是，你早一點買，可以省很多錢。」

「還可以省錢？」林金德對這個稍微有興趣一點。

「當然省錢，因為你人還在，可以和禮儀公司討價還價，可以貨比三家，但如果走了才去張羅，就只能任人喊價。」鄭立德解釋道：「你想想，當你的家人要送你走的時候，他們應該是不會和禮儀公司計較價格的，畢竟是自己的親人。」

林金德越聽越有道理，但也越聽越疑惑：「不對呀，你不是一個飯店人員嗎？怎麼會知道這種事？」

「我做過多工作，也做很多兼職，其中一個就是在禮儀公司做業務，幫忙賣納骨塔位。」鄭立德坦白說道。

「難怪你這麼會說話，原來是業務。」林金德點點頭。

「對呀，我本身對生死這塊是看比較開的，你不要把這事看成是穢氣，它其實有一個很重要的意義，就是我們能決定自己死後要以什麼樣的方式走。」鄭立德說道：「你看，大多數的人都是過世後就撒手不管，親人要你埋在哪就埋在哪，你連一點意見都沒有。但假如你先計畫了自己的後事，就能以最體面的方式告別大家，做人生最完美的謝幕，下台一鞠躬。」

「一個死人的事，也能被你說得這麼文藝！」林金德被逗笑了，腦海不禁浮現芭蕾舞者彎腰謝幕的畫面：「還下台一鞠躬勒，是要請人來表演是不是？」

「欸，可以哦。」鄭立德回答：「看叔你喜歡樂團，還是唱劇的，馬戲團也可以，這個現在的禮儀公司都有做，你看，假如沒有生前規劃，就不可能有這些東西。」

「馬戲團勒。」林金德被逗得哈哈大笑。

他突然間釋懷了，對這事沒再那麼反感了，說實在的，他懷裡不也揣著一張訃聞嗎？若真有什麼穢氣可言，那些專門處理喪事的人，不個個都是倒楣鬼？

再者，鄭立德有一個點說到他心坎裡，他這輩子已經活得夠窩囊了，難道連死都不能自己作主嗎？他從沒為自己爭取過什麼，這次他就要為自己買一份大禮物。

「叔，如果你有興趣，我請我學長來。」鄭立德看出林金德有意願，便立刻發了封訊息出去：「他比較專業，會講的比較清楚。」

「你可以先說一下，你們賣的究竟是什麼？」林金德說道：「靈骨塔不就是小小一個塔位嗎？為什麼要那麼貴？」

「不不不，沒那麼簡單，叔，納骨塔除了安置逝者的骨灰，還會有定期的誦經服務，可能是每個禮拜、可能是每個月，價格不一樣，有時還會請法師來祈福。」鄭立德娓娓解釋：「而且不同的地點，價位也不一樣，有的納骨塔山河環繞，前有活水後有群峰，能庇蔭子孫；有的比較陽春，也有的是在市區，總之就是風水有差，價格就會有差。」

「原來如此。」林金德表情複雜的點點頭，這麼一想，包括養護及靈骨塔外景觀的部分，八萬元確實不貴，就和買房子是一樣的概念。

「然後啊，不同的樓層價格也不一樣，地下樓層的塔位是比較便宜的，一樓的塔位比較貴，還要看塔內供奉什麼主神，離主神越近，那個位置也比較貴。」鄭立德滔滔不絕的說道，忽然想起自己忘記問一個最重要的問題：「叔，你是偏向火葬還是土葬呀？」

「火葬吧。」林金德想也不想就回答，土葬很貴，少說也要數十萬，這點基本概念他還是有的，現代人大部分都選擇火葬。

「哦，那就好，我們公司基本上也是經營火葬的。」鄭立德笑著說道。

兩人就這麼大剌剌的聊起喪葬事宜，談到這裡，林金德也不覺得有什麼好介意了，反倒有些興沖沖，他買這個塔位也就是備著，不代表是在等死，才沒那麼膚淺。等到某天，他的兒子媳婦發現了這件事，發現了他這麼豁達，置生死於度外，不曉得會做何反應，他想想就覺得很滿意。

不一會兒，鄭立德口中的那個學長就來了，他長得果然就和林金德印象中賣靈骨塔的人一模一樣，穿西裝打領帶，看起來像業務，又有江湖人士的韻味，感覺是道上兄弟，有嚼檳榔。

鄭立德和他一起，又將生前契約和納骨塔位的事情再講了一次，林金德聽得很仔細，十分動心，他考慮再三後，選了一個他很喜歡的地點。他看著鄭立德手機提供的照片，山明水秀，如果死後能住這裡一定很不錯。

「叔，你這次真的賺到了，你去打聽，這個塔位少說都要十萬的，是因為你說只想花八萬，我才用八萬幫你說情的。」鄭立德滔滔不絕的說道：「你看，你說要為自己活一次，現在把後事處理得漂漂亮亮，還可以投資賺錢，幾年後你如果後悔了，把這塔位賣掉，穩賺不賠的。」

「到時候要賣也是找你們賣嗎？」林金德隨口問。

「當然的，隨時可以聯絡我們。」

三人談得很愉快，但就在要簽約的時候，林金德才提起自己沒辦法馬上付款，身上沒那麼多現金，存有八萬元的金融卡也在劉淑蓮那裡。

「這沒問題的，大哥。」鄭立德的學長從容說道，顯然不是第一次遇到這種狀況：「你身上有其他卡嗎？中信、國泰，還是什麼都可以。」他一面說著一面從公事包中拿出各家銀行的付款契約書，有備而來：「我們可以分期付款，看你要分八期還是十期，除了郵局，大部分銀行的都可以。」

「卡沒錢也可以嗎？」林金德翻著錢包問道。

「從下一期才開始扣，你到時候再放錢進去就可以了。」鄭立德的學長說道，又拿出另一份文件：「不過為了保險起見，我們還是要簽一下本票。」

「嗯，好的。」

林金德也不傻，他有仔細看了一下這些文件，確認金額是八萬元，然後才一一在上頭簽名。他決定先斬後奏，以後再告訴劉淑蓮，反正他簽約了，塔位也買了，劉淑蓮那八萬元不給都不行了，退一百萬步講，那八萬元也不是她的，是他們共有的。

就這樣，林金德買了一份生前契約，預定了位在新竹大坪頂的納骨塔位，鄭立德還幫他將合約用透明資料夾保存起來，畢竟這是一疊價值八萬元的紙呀！

三人又聊了一會兒，鄭立德的學長還想介紹其他產品給林金德認識，但林金德婉拒了，他的預算只有八萬元，這樣就夠了。且這時，鄭立德也要走了，他該換班了，剛剛他不在崗位上，都將泊車工作丟給另一位員工做，現在該去輪替一下了。

「叔，我可能要先走了，你再跟學長聊一下。」鄭立德說道。

「哎呀不用啦，既然簽約簽完了，你們有事就先去忙吧。」林金德說道，拿著合約打量。

「那我請你吃頓飯吧？」鄭立德的學長客氣的說道。

「真的不用啦，我才剛吃飽。」林金德搖頭回答：「我也要上樓了，太太在等我了。」

「好吧，那就先這樣囉。」

「叔，那有問題再打給我，或打給我學長，你那裡有名片。」鄭立德爽朗的笑著，朝林金德揮揮手，然後就先行離開。

他學長寒暄了一下後，也開著黑頭車走了。

林金德拿著契約在門口納涼，心花怒放，他覺得自己做成了一件大事，這趟出來不虛此行了，雖然沒出成國，但替自己買了一個好東西。

「你去哪裡了？」回到房間，劉淑蓮問道。

劉淑蓮在看電視，不高興全擺在臉上，林金德只是去牽個車，怎麼一遷就快兩個小時，到底是跑去哪裡了？

「哦，沒事，和門口的人聊了幾句。」林金德回答道。

「聊天有辦法聊兩個小時？」劉淑蓮納悶，被丟在房間她縱然生氣，但更多的是對林金德的擔心：「你和誰聊？你不是最沒話聊的那種人嗎？」

「遇到一個很有趣的年輕人，聊了一下。」林金德簡短帶過，然後看了看時鐘，笑著提議：「我們出去逛逛吧，難得來到淡水。」

「你要去哪裡逛？」劉淑蓮被搞得有些不知所措。

「街上呀，很多賣吃的勒。」

「我先講，你不要又說要買洗衣機，我會翻臉……」

「我知道。」林金德打斷她：「我們不買洗衣機了啦。」

「咦？怎麼又不買了。」劉淑蓮一頭霧水，很無奈的嘆息：「真搞不懂你在想什麼。」

兩人出發，步入淡水老街，林金德完全沒打算告訴劉淑蓮生前契約的事情，能藏多久就藏多久吧，他知道劉淑蓮一定會生氣的，他可不想破壞此時的好心情。

老街賣的大部分都是美食，兩人剛吃飽，實在是沒食慾，但撇除這點不說，兩人到了這個年紀，也對小吃沒有什麼興趣了。

「你打算什麼時候回去？」逛到一半，劉淑蓮忽然問道。

「禮拜四吧。」林金德隨口說道，那是他們遊歐預計的回國時間。

「你要玩那麼久？」劉淑蓮訝異的問道：「你還要去哪裡？這淡水能玩那麼久嗎？」

「不會一直在淡水，不然我們去東部吧？去環島。」林金德說道，其實他也沒有主意，環島是個不錯的選擇，反正不能就這麼回去，繞台灣一圈也好。

「環島？能不能不要那麼多天？我已經不想玩了。」劉淑蓮忍不住說出心裡話，她知道丈夫心裡有事，但她實在想回家了：「仲凱傳訊息來，問我們跑去哪了，不是說要幫忙白天顧哲哲嗎。」

「妳怎麼回？」林金德停下腳步問道，霎時緊張起來。

「我沒有回。」劉淑蓮淡定的說道：「你不是叫我不要回？」

「那就好。」林金德鬆了一口氣：「仲凱還傳了什麼？讓我看看。」

「沒什麼別的啊，就說他們夫妻就很困擾。」劉淑蓮越說越不滿：「他們不知道我們去哪裡了，娟妤還去問旅行社，旅行社說我們沒上飛機。」

「哎呀，怎麼找到這個地步了？」林金德很驚訝，急著想看手機，他自己的手機已經關機很久了：「我看一下，給我看一下。」

「自己父母失聯了，你不慌啊？」劉淑蓮沒好氣的交出手機，觀察著林金德的反應：「就不知道你在鬧什麼，連訊息都不讓我回。」

郭娟妤和林仲凱確實傳了不少訊息來，未接來電也滿滿都是一排，且好死不死，手機這時忽然震動，林仲凱又打來了，雖然轉靜音，林金德還是嚇得差點弄掉手機。

「這怎麼掛掉啊！」

「滑那個紅色的啊。」劉淑蓮說道，湊近林金德，趁林金德的注意力都在手機上，悄悄抽走了他口袋裡一直藏著的那個訃聞。

劉淑蓮看著訃聞，先是愣住，然後陷入凝重的沉思，她翻來覆去，找到了訃聞上的名字，是不認識的人，接著又看了看訃聞已經過了大半年的時間，和地點，實在摸不著頭腦。

「林金德，這是什麼東西？」她問道。

林金德轉過頭來，這才發覺口袋裡的訃聞被拿走了，他看了看訃聞又看了看劉淑蓮，面色鐵青，剎那間感覺自己做錯了事，但想想他又沒有錯，便支吾著想解釋。

「你一路上藏著這個做什麼？」劉淑蓮嚴肅的問道，拿著訃聞晃動：「許文賓，是誰？」她唸出訃聞上的名字：「你哪時候去參加的？我怎麼沒印象？」

「噢，不是啦，那是老許的堂哥。」林金德趕緊回答：「對面A棟，常常和我在涼亭聊天那個老許啊。」

「你跟老許的堂哥有熟？」劉淑蓮更加疑惑：「跑去參加人家喪禮做什麼？」

「唉，不是啦！」林金德很難解釋，只好據實以告：「就我那天跟老許在聊，說人生苦短，他就把他堂哥的訃聞給我，說要用這個警惕自己，珍惜當下。」

「然後呢？老許還跟你講什麼？」

「他沒有跟我講什麼，我們只是聊天⋯⋯」

「沒跟你講什麼你會變得這麼神經？」劉淑蓮打斷他，語氣變得激動：「老許那個人怪里怪氣，負面情緒一堆，你知道大樓裡面的人怎麼講的嗎？說有帶小孩的都離他遠一點，就你愛跟他聊天，講也講不聽，我之前就講過你了，還那麼愛跟他親近，現在又給我搞這齣！」

「等等等等，妳可不可以別扯這麼遠？我們出國的事跟老許沒關係，是我自己想開的。」

「你想開了什麼？啊？你拿著這個東西做什麼？」劉淑蓮抓著手裡的訃聞，越想越委屈：「他沒事送你這個，是不是要詛咒我們死啊？好好的在家裡不待，硬要折騰到淡水來，在機場被海關擋的時候就該回去了，現在搞得我們好像在流浪，兒子都以為我們失蹤了。」

「妳冷靜好嗎，阿蓮，我們沒事。」林金德趕緊安撫她：「我們就只是出來玩而已，開開心心的。」

「我不開心了，我也不覺得你有開心，我們可以回去了嗎？」劉淑蓮直截了當的說道。

「呃，這⋯⋯」

「我想要回去了。」劉淑蓮說道。

林金德的反常已經夠讓她擔心了，一路上始終懷疑他是不是病了，他們兩個已經到了該面臨生老病死的年紀，現在手裡又捏著這個白花花的訃聞，死亡的意味頓時被放大數倍。她滿肚子心酸，當即就想將訃聞撕成兩半，誰會想一直拿著這種東西啊？

「阿蓮，別這樣。」林金德見她就要撕毀訃聞，趕緊想將訃聞拿回來，但此舉只是更激怒劉淑蓮。

「你到底留著這東西做什麼？」劉淑蓮將訃聞拿遠，不給林金德碰到：「還是你還有什麼祕密？現在給我說清楚！」

「哪有什麼祕密啊，沒有什麼祕密了！」

「沒有祕密你為什麼堅持？你兒子媳婦現在還在找我們，你看，你看看你的手機！」劉淑蓮指著林金德手上，那突然又響了起來的她的手機說道。

林金德著急的又把手機掛斷，並順道關機，然後手忙腳亂的想將已經皺巴巴的訃聞搶回來：「妳先把那個還給我。」

「我就不要，我就是不要。」劉淑蓮已經忍無可忍了，在一番推擠下，背對著林金德，當場就將訃聞給撕成兩半。

兩人頓時陷入沉默。

他們的爭執已經惹來許多人的注意，兩個老人在街上吵架，推來擠去，實在是不堪入目。劉淑蓮和林金德都是臉皮薄的人，生平第一次經歷這種事，但情緒在當頭，也管不了那麼多了。

「我們回新竹。」劉淑蓮斬釘截鐵的說道，然後就拋下林金德，悻悻然的往回頭路走了。

林金德呆站在原處，望著滿地碎掉的訃聞，心神渙散。

這訃聞倒也不是他的精神象徵，或者什麼人生信物，沒有那麼狗血，但訃聞被撕毀，確實讓他受到打擊。這趟旅程就到此為止了，面對劉淑蓮的強硬，他就像洩了氣的皮球，他吵不贏她的。

更重要的是，他不曉得自己該怎麼繼續走下去，他是那麼的心虛，找不到旅行的意義。環島？又代表了什麼？就算他們順利出國了，又怎麼樣呢？

他不知道自己到底要什麼，他填補不了內心的空虛，訃聞的撕毀，恰好揭掉了他那自以為找到幹勁的自欺欺人，他都不知道自己身在淡水的意義，又要如何說服劉淑蓮陪他繼續旅行下去呢？

忽然間他又想起了鄭立德，那個容光煥發的年輕人，他是那麼的知道自己要做什麼，他要和朋友去日本玩，所以他打工，所以他來這間飯店泊車賺錢。非常簡單，卻又非常遙遠，令林金德覺得觸不可及。

曾經林金德也有那麼簡單而知足的時候，童年時可以為了吃一顆糖，走半座山幫忙跑腿；生林仲凱時，也可以加班加到凌晨，只為了辦場體面的週歲禮。那種忙碌而踏實的感覺，卻隨著年歲的過去，已經離林金德遠去了。

「唉。」林金德嘆了口氣，迷迷糊糊的往飯店走。

老街外的大路口，人來人往，對面是百貨公司，越晚似乎越熱鬧。身在這裡有種錯覺，好像自己被落下了，行人旅客談笑嬉鬧，自己彷彿被丟在時間的夾縫中，什麼也聽不見。

但一道光照來，令林金德醒了過來。

牆上的電視看板五彩繽紛，正在播映一則廣告，畫面中的人物搖手擺尾，動感十足，偶爾幾個華麗的特效飛過，巨大的怪物便倒下了——這是一個遊戲廣告。

林金德看得目不轉睛、心馳神迷，因為，這是他兒子公司的廣告，他雖然看不懂內容，但從動畫底下的業主名稱與LOGO，可以得知這是他兒子的公司所做的。

林金德站在電視牆下，慢慢欣賞，他和劉淑蓮總是這樣，只要在路上看到兒子公司的廣告，必定駐足將它看完，兩人會談笑著猜測，哪個人物是兒子畫的、哪個怪物是兒子設計的，這是他們最有成就感的時候，即使他們不懂遊戲，也能深深感覺到自己和兒子站在一起。

但此刻的林金德，內心卻很複雜，連他的兒子都知道自己的人生要做什麼，他和鄭立德是同一類人，他們目標明確、擁有熱血、追逐夢想、生活踏實，林金德回首自己的一生，卻毫無出息，到老都是一個輪胎工人。

他又陷入思緒中，他兒子，林仲凱，在遊戲公司擔任美術編輯，繪製遊戲場景。遙想他畫畫這件事，最早從國中就有端倪，林金德還記得那一天他回到家，林仲凱鬼鬼祟祟的從房間探出頭來，說他想學畫畫。

這是第一次，兒子主動說想學東西，以往都是他老媽張羅著要他補習什麼就補習什麼，林金德有些意外，卻也馬上意識到，這是一筆不小的費用，劉淑蓮肯定不同意，否則兒子怎又會找上他？

林金德問了一下學費，嗯，比數學和英文都還要貴，還且還得先預付一筆錢買工具器材。他掂量了一下家裡的開銷、房貸和水電帳單，這以往都是劉淑蓮在做的，他算了一下，即使是數學遲鈍的他，也立刻算出了經濟上的困難。

沒錢，這些年他以為他已經習慣了，但看著林仲凱，那句「爸爸負擔不起」他實在是說不出口。好在兒子比較懂事，拍拍他的肩膀安慰道：「爸，沒關係，我在學校學也可以，學校的美術老師也很厲害。」

看著這麼懂事的兒子，他卻笑不出來，苦澀刺痛了他的心。

然而他的兒子並沒放棄，他用他自己的方式在學作畫，具體是怎麼學的，林金德也不知道，只知道兒子一直有在畫畫，從未間斷。現在想來，林金德是如此的佩服，佩服他的毅力和堅持。

時間一下子到了他升大學的那年，家裡吵得最兇的那一年。

林仲凱的成績一直都不錯，符合劉淑蓮和林金德的期待，而畫畫也一直在持續著。大學指考考完，林仲凱卻說了，他要去讀私立大學的應用美術系。

劉淑蓮為此和林仲凱大吵了幾次，講的無非是那些話：「我們把你栽培到這麼大，你卻要去讀那種沒路用的科系！」

林金德個性比較溫和，沒和兒子有過什麼大爭吵，但他內心是失望的，失望至極。他認為林仲凱的分數，去上國立大學沒問題，讀個工科、商科都比這個好，為何要浪費這麼好的成績去畫畫呢？以後出來能掙幾個錢？

林金德和劉淑蓮都是苦出來的，他們知道年輕人對於夢想的熱情，卻也知道錢的重要性。於是在一個夜晚，林金德單獨找了兒子聊聊。

他看了兒子收藏在櫃子裡的風景油畫，也看了他用彩紙拼貼而成的方方塊快，說實在，他看不懂，他只知道這玩意兒畢業後，工作一定不好找，而且學費還貴得要死。他原本想傾聽兒子的想法，聽著聽著，卻又說起了那些討人厭的話，說還是要為未來著想、說能養活自己比較重要、說找個穩定的職業吧，讀個工科都還比畫畫有出息。

他和兒子的交談演變成了爭吵，甚至吵得比劉淑蓮還要激烈，以往兒子總是會讓步、會聽他們的話，這次卻無論如何都不妥協了。林金德不曉得為什麼，為什麼好端端的兒子突然不聽話了，他只是發現自己老了，老到再也講不贏兒子了，最後他只能吼一句：「我是你爸爸，你的學費是我出的，我說讀什麼就讀什麼！」

爭吵結束，兒子斜眼看著他，滿滿都是失望。

這場失敗的溝通，最終是以他父親的權威蓋牌，但並沒有說服兒子，他清楚聽見在他離房時，兒子埋怨的說了一句：「我不想活得像你們一樣。」

當時忍住的淚水，卻在幾十年後的今天，落下了。

林金德回到現實，隻身站在淡水的大馬路口，情緒飛湧。他望著玻璃櫥窗自己的臉，是那麼的蒼老，但從當年，他就是這副可憎的面孔了，他就是這麼蒼老，他沒有年輕過。

林仲凱最後依然選擇了夢想，去讀應用美術系，他自己打工賺學費，不再跟家裡拿錢。鄭立德說，他兒子很勇敢的做了一次自己，即使他們從未見過，而他這個老父，卻直到今日才稍稍理解當年他兒子的心情。

他們都選擇了自己的夢想，而他呢？他這輩子做過什麼？

難道把兒子養大這件事，就足以作為這輩子用來說嘴的成就了嗎？這樣不會太空虛、太膚淺、太窩囊、太沒意思了嗎？

林金德抹乾了眼角，深呼吸，望著玻璃中的自己，重整心情。

他走進旁邊的一家藥局，冷眼站在架前觀望，直到所有的客人都離開了，店內只剩下他和店員時，他才走向櫃檯，思緒清晰的問道：

「請問你們有賣安眠藥嗎？」

第五章　都怪年輕時不浪漫，才不知道交杯酒怎麼喝

林金德跟櫃檯買安眠藥。

櫃檯小姐邊忙著手邊的工作邊看著他，淡定的問道：「有處方箋嗎？」

「咦？處方箋？」林金德愣住。

「買安眠藥要有處方箋喔。」櫃檯小姐點了點頭，又繼續去忙她的，服務態度很冷淡。

處方箋，在機場時林金德已經被這東西害過一次了，沒想到現在要買安眠藥，還得再過這一關。人在淡水，他要去哪裡生處方箋啊？

「小姐，可以幫幫忙嗎？我只要一顆而已。」林金德說道，並編理由撒謊：「我這幾天都睡不好，明天沒辦法開車，我只要一顆就可以了。」

「還是需要處方箋喔。」櫃檯小姐回答。

「可是我有糖尿病。」林金德不放棄，指著自己的身體說道：「我健康真的很不好，安眠藥是要自己吃的，沒別的意圖，妳能幫幫忙嗎？」

「你找醫師問一下，他應該會開處方箋的。」小姐微笑。

林金德很不高興，但也無可奈何，他走離櫃檯，開始在架上尋找類似安眠藥的東西。徘徊了一會兒後，他悻悻然的離開，決定到另一家藥局試試。

結果，同樣的說法在另一家藥局得到同情，老闆昧著規定，無償的拿了一粒安眠藥給他，並囑咐他服用的方式。林金德心不在焉的聽著，一股不平衡的憤怒興起，他一走出店，就又回到之前的藥局，當著那位櫃檯小姐的面，將安眠藥的藥袋拍在桌上，大聲的說道：「這是另一家開給我的，你們這什麼爛店！」

櫃檯小姐滿臉錯愕，林金德沒繼續說什麼，轉身就走。

他拿著藥往飯店走去，心臟跳的飛快，他生平第一次這樣吼別人，他知道自己魯莽、也知道自己是奧客行徑，但他不管了，他就是要發洩，脫序就脫序。

回到飯店時，劉淑蓮已經將行李收了一半，但櫃子裡還有另一半的衣服還沒收，劉淑蓮就坐在床上看手機，顯然她還拿不定主意，是不是要立刻打道回府。

「我們明天再回新竹吧，畢竟飯店的錢都付了。」林金德順水推舟的說道，要繼續旅行鐵定是沒戲了，但多留一晚應該是沒問題的：「明天再逛逛看看。」

劉淑蓮原本不吭聲，一聽這話就冷漠的說道：「不用逛了，明天一早就回新竹。」

「呃……好，妳決定就好。」林金德摸著鼻子點點頭，但眼神飄忽不定，打量著室內。

他表面上安撫著劉淑蓮，和平常那懦弱溫和的模樣沒差別，但實際上卻已經想了個狠招，現在只是在偽裝而已。

他懷裡藏著安眠藥，那可不是要自己吃的，而是要給劉淑蓮吃的，一旦劉淑蓮被下藥睡著，他就會將劉淑蓮皮包裡的錢、信用卡、手機全部拿走，屆時劉淑蓮只能跟著他走，他說要去哪就去哪，她沒錢沒手機，求助無門，什麼也做不了。

這聽起來有點太理想化了，畢竟劉淑蓮一兇起來，他不就得什麼都交出來，白費工夫。但這次不一樣，林金德不會再退縮了，他會拿出他身為丈夫的威嚴，堅持這趟旅行。

「妳洗澡了嗎？先去洗澡吧？」林金德說道，腦子飛快的轉動著。

「洗過了。」劉淑蓮冷淡的回應。

「哦，好，那換我。」

這正合林金德的意，他準備了一下，拿了拿衣服，然後就進浴室。

他開啟蓮蓬頭，讓水嘩啦嘩啦作響，在水聲的掩護下，他將安眠藥用牙刷敲成粉，裝在小袋子裡等待機會下手。

「這裡住的挺不錯的對吧？畢竟是『尊爵套房』。」洗完澡後，他擦著頭髮走出浴室，端詳著屋內的裝潢，十分滿意。

他將手機開機，無視那兒子媳婦傳來的一整排未讀訊息，打開他唯一會操作的音樂軟體，就播放起劉淑蓮最喜歡聽的，「鐵達尼號」的主題曲。

「你幹嘛？」劉淑蓮被他突如其來的舉動嚇了一跳，放下手機望著他。

「我們很久沒喝酒了，來喝一杯吧。」林金德說道，接著就像變魔術一般，從背後拿出一瓶紅酒。

「啥？這房間還有送紅酒？」劉淑蓮愣住。

「不，我剛剛去買的。」林金德回答道。

在悠揚的音樂聲中，林金德關掉大燈，開啟昏黃的小燈，使氣氛變得羅曼蒂克。他拿了兩個玻璃杯，在床前雅緻的原木桌上斟酒，看著紅紫色的葡萄酒涓涓淌入杯中，劉淑蓮竟有些難為情起來。

「你都多大歲數了，還搞這些沒用的。」她說道，有點不知所措，將半個身子藏在棉被裡：「我刷完牙了，我可不喝。」

「喝一口吧，沒關係，難得出來。」林金德晃著酒杯，微笑說道：「我記得妳酒量也不錯的。」

「那是年輕的時候。」

劉淑蓮真的丈二金剛摸不著頭緒，一整天下來情緒大起大落，方才的憤怒，被此刻丈夫怪誕的行徑給搞得混亂起來，她很想叫他別鬧了，到底在演哪齣，該不會他想要做那檔事吧?!

「這是貴的酒，來喝一下吧。」林金德說道，坐在床邊招呼她。

劉淑蓮手心出汗，故作鎮定，她想了想，這樣僵持著倒也尷尬，便挺身向前抓了酒杯就退，硬是不和林金德對到視線。

「欸欸欸，不是那一杯。」林金德忽然著急起來。

「什麼不是那一杯？」劉淑蓮疑惑的問道，捧著手裡的葡萄酒：「不都是一樣的嗎？」

林金德啞口無言，辛苦的布置全亂了套，此刻的浪漫是別有所圖的，他剛才已經預先將安眠藥粉末放在特定的杯子裡，就是要給劉淑蓮喝下，但劉淑蓮卻拿了另外一杯，而不去拿近的。

「哈哈，沒事啦，我想說這一杯比較近要給妳。」林金德怕露出馬腳，趕緊苦笑。

「啊你不喝嗎？」劉淑蓮喝了一口紅酒後，說道：「味道還不錯，真的是貴的。」

「我等等再喝。」林金德搖頭。

「為什麼要等等？不是說要一起喝嗎？」劉淑蓮盯著他問道。

林金德汗顏，只得拿起眼前的紅酒，作勢品嚐。他看著酒杯裡的酒，知道裡面摻了一整顆的安眠藥，藥師說了，正常人只要喝一口，五分鐘內就會睡去。

「你怎麼不喝？」劉淑蓮再問。

「要了啦。」林金德咬著牙，抿著酒杯，絞盡腦汁思考該怎麼辦，是要假裝弄倒，再盛一杯嗎？

那他的詭計就毀了，因為沒有安眠藥了。

就在此時，他突然靈機一動：「啊，對了，我們來喝交杯酒吧！」他欣喜的說道。

「交杯酒？」劉淑蓮一臉狐疑。

「對呀，我們好久沒喝交杯酒了，趁現在喝一下！」

「我們從來沒有喝過交杯酒。」劉淑蓮糾正他，然後又害臊起來：「你哪來鬼點子那麼多？還交杯酒，發神經喔你？」

「試試看嘛。」林金德迫不及待坐到劉淑蓮身邊，學著電視上的畫面，和劉淑蓮右手交纏。他實在太佩服自己的機智了，喝交杯酒就能對調酒杯，使自己手上這杯被劉淑蓮喝下了。

但就在兩人姿勢都擺好時，他才覺得不對勁，他看著眼前的酒杯，不又是自己原本那一杯嗎？根本沒交換到啊！

「來，一二三，喝。」劉淑蓮說道，右手向上移動。

林金德滿臉凌亂，都還沒反應過來，就已經糊里糊塗的喝下紅酒了。

「你怎麼了？」劉淑蓮問道。

「……」

「幹麻不說話？」劉淑蓮拍拍他的臉頰。

「……」

「喂！」

林金德苦著臉看著她，還來不及說出一句話，就已經失去意識。

※　※　※

林金德做了一個夢，夢裡他又回到了過去，但不是三十多歲剛生林仲凱那年，也不是二十多歲剛認識劉淑蓮那年，而是十幾歲，他還只有自己的那一年。

當時老家還是紅磚厝，還沒搬遷，林金德每天從學校回來，就先到田裡幫忙母親踩水車放田水，接著再騎腳踏車到市場載龍眼回來剝殼，代工做龍眼乾。

那個年代哪有什麼畫畫、學音樂這種事，那個年代的孩子不是下田幫忙，就是去工廠做童工，讀書都顯得奢侈。

林金德也曾經有過很接近林仲凱的時刻，他高職畢業有錄取上商專，但家裡沒錢讓他讀，於是他只好去做工；以當時的價值觀，如果他堅持要讀書，就真的算是一種追逐夢想了，畢竟當時的人認為就業才是王道，養一個孩子，養到十幾歲就可以開始替家裡賺錢，繼續讀書那是不切實際的事情，除非是成績好到能當醫師、律師、老師等等「三師」。

至於畫畫？那根本是天方夜譚了。

林金德認真的思索著自己的夢想，卻一片空白，這段回憶過後，就是遇見劉淑蓮，兩人結婚了，他牽著戴紅紗頭的劉淑蓮走一遍古禮，那時連嫁娶的金飾都是借的，春天過去，秋天到來，接著林仲凱就出生了。

這時，他身後突然傳來幽怨的一句：**我不想活得像你一樣**。

「啊！」林金德驚醒了。

他從床上坐起，愣了數秒，發現自己身在飯店裡。

天已經亮了，晨曦微微從窗簾透進來，林金德呆坐在床上，不知今夕是何夕，只覺得頭痛欲裂。他看到劉淑蓮睡在他身邊，終於想起昨晚的事情，他搞砸了他的計畫，自己喝下了摻有安眠藥的紅酒，結果一覺到天亮。

不知道是不是安眠藥的關係，他覺得渾身不舒服，很想吐，而且剛才的惡夢還歷歷在目。他起身想去倒一杯水喝，動靜卻讓劉淑蓮醒了過來。

「現在幾點？」劉淑蓮問道，聲音從林金德背後傳來。

林金德看了一眼時鐘，用沙啞乾竭的聲音回答：「六點多。」

原木桌上的酒瓶已經空了，想必是劉淑蓮喝光的，但即使如此，她還是記得在睡前替已經睡死的林金德注射胰島素，垃圾桶的針筒說明這一切。

但林金德卻越想越頭皮發麻，劉淑蓮昨晚沒發現他是暈過去了，只以為他是酒量差，才喝一杯就醉死。問題是，他的體內含有安眠藥和酒精，胰島素再注下去，誰知道會發生什麼事？

目前看來是沒事，但林金德卻被嚇得冒汗，他不是醫生，對這些藥物沒有概念，但若有什麼陰錯陽差，或許他已經成了冷冰冰的屍體躺在床上，而不是悠哉的在這裡喝水。

「你在想什麼？」見林金德遲遲沒有動作，劉淑蓮完全醒了過來。

昨晚喝了一大瓶酒，她身體不太舒服，但她的思慮可清晰得很。她目不轉睛的望著林金德，他的眼珠子飄到哪裡，她就跟到哪裡。

「沒什麼。」林金德回答。

「沒什麼？」劉淑蓮重複道：「你確定？」

「嗯。」

「很好。」劉淑蓮大敞嘴角的笑了一下，然後從床上爬起來：「那我準備來跟你算帳。」

這話令林金德縮了一下，覺得非常不妙。

只見劉淑蓮走向櫥櫃，打開抽屜，從中拿出了一疊紙，丟在床上。

「這是什麼？」她問道。

林金德瞄了一眼，寒毛都豎起來了，那哪能是什麼，不就是他和鄭立德所簽的，價值八萬元的生前契約嗎？

「妳從哪找到的？」林金德反問。

「還能從哪裡找到？從你故意藏起來的行李箱裡面！」劉淑蓮一下子拉大了嗓門，怒目注視林金德：「這到底是什麼東西？納骨塔位？福心園？（納骨塔坐落的園區名稱），你最好給我解釋清楚！」

林金德支支吾吾，突然間不想再懦弱下去，便咬著牙將與鄭立德簽約的事情都交代出來，且刻意表現得堂而皇之。

「么壽喔，你什麼時候簽的？」劉淑蓮不可置信的搖頭：「你都還沒死啊，你為了花那八萬元，去買這種見鬼的東西！」

「不是只有臨死前才可以買吧？這東西就和遺囑一樣，可以提早準備。」林金德回答著，模仿鄭立德的說詞，但劉淑蓮根本聽不進去。

「還遺囑勒，我看你根本老瘋癲了吧！」劉淑蓮吼道，是既憤怒又擔心，眼眶噙著淚水：「林金德，你到底是被那個姓許的（老許）怎麼洗腦了？你才幾歲，替自己辦什麼後事啊？」

「阿蓮，妳冷靜一點。」劉淑蓮的反應讓林金德有點慌了：「人早晚會死，我只是替自己先買好塔位，而且這東西還算是一種投資。」

「投資？」劉淑蓮聽得更疑惑了。

「對啊，這種塔位幾年後價格還會翻漲，現在買就是提早賺的。」林金德殷切的說道。

「翻漲？林金德，你是不是被騙了啊？」誰知劉淑蓮不領情，反而開始捏他，契約她昨晚上上下下看了好幾百次，她雖然沒讀書，但對錢可一點都不馬虎：「還投資，這種東西怎麼投資？那可是八萬元啊，白花花的銀子啊！」

「唉唷，就說了不是，現在誰不買塔位啊！」林金德被捏得唉唉叫：「而且我的人生我就想自己作主一次不行嗎？我連死後要去哪都不能自己決定嗎？我就想讓仲凱和娟好知道，我們的人生不是只有他們！」

「哎，你這糟老頭！」劉淑蓮雙眼瞪得老大，突然理解了林金德的彆扭：「你是拿自己的身後事在和兒子賭氣嗎？你都幾歲人了，何必呢！」

「誰賭氣啊，我沒有賭氣！」林金德反駁，卻感覺自己被說中了。

「沒賭氣就去退掉，現在去退掉啊！」劉淑蓮發飆了，拿起床上的紙就丟到他面前：「你簽這東西你知道每個月要扣錢嗎？現在就去取消掉！」

「不能取消了。」

「為什麼不能取消？你不是說和飯店的人簽的嗎？」劉淑蓮一下子拉高音量：「現在就去退掉！」

「我講了不能退。」林金德執意說道，並收起床上的契約。

「你以為我在跟你開玩笑嗎，林金德？」劉淑蓮氣急敗壞，又打翻了他手中的紙：「我不同意你買這個東西，現在就去退掉！」

啪的一聲，契約被打飛在空中。

林金德看著散落的紙張，心中貌似有什麼斷掉了，劉淑蓮還在張牙舞爪、破口大罵，但他卻什麼也聽不見了。他唯一能聽見，在腦海裡盤旋的，就是兒子的那一句，不想活得像他一樣。

他站了起來，走向床頭櫃，打開劉淑蓮的包包，逐一拿走她的皮夾、零錢袋、提款卡及信用卡。

「你幹嘛？」劉淑蓮停止了責罵，問道。

林金德看著她，朝她走來，一把就拿走她手上的手機，連同剛才沒收的東西，全扔進買菜的塑膠袋內，然後捲一捲，丟到他的行李箱裡。

「從現在開始，不准打電話，不准和仲凱聯絡，我說去哪裡就去哪裡。」林金德盯著她說道。

「啥？」劉淑蓮傻眼了。

「等一下到一樓吃早餐，行李收一收我們就退房，然後到花東去，我們環島玩一圈。」林金德冷冷的說道：「妳要就跟我上車，不然就自己用走的回新竹。」

「林金德，你敢這樣子跟我說話！」

林金德不理會她，只是逕自收起散落的契約，重新整理起來放資料夾。

劉淑蓮沒錢、沒手機，哪都去不了，只能跟著他，這是他原本對她下藥的目的，現在殊途同歸了，就算沒安眠藥，他照樣收走了她所有的東西。

「林金德，你回答啊！」劉淑蓮站了起來，六神無主，十分慌張，她不曉得怎麼丈夫變得她不認識了。

「從現在開始，我要做我想做的事情。」林金德再次對她重申立場：「我們開車環島，把這一趟旅行完成，妳搞清楚狀況了嗎？」

劉淑蓮握緊拳頭，瞪著林金德，沉默了一會兒後她抿嘴走向門口說道：「我要打給仲凱。」

「妳沒有手機。」

「我會去找人借。」劉淑蓮開始穿鞋，打算離開房間。

「妳不准。」

劉淑蓮不說話了，她堅定的穿鞋，就要結束這場鬧劇。而林金德也不慌亂，他站在床邊，面色冷峻的看著劉淑蓮說道：「妳要是打了，我就告訴仲凱，當初破壞他們迪士尼旅遊的，就是我們兩個。」

此話一出，劉淑蓮愣住了，她抬起頭望著林金德，眉毛整個皺起來：「林金德，你真的瘋了。」

迪士尼，那是他們夫妻倆一個不堪的祕密。

當初林仲凱和郭娟妤相愛時，他們兩老一直很反對，郭娟妤的職業他們有意見、郭娟妤的個性他們有意見，甚至連郭娟妤的身高他們都有意見，總之他們就是認為這個媳婦配不上他們的兒子，過程中百般阻撓。

最嚴重的一次，是林仲凱和郭娟妤計畫好要去日本的迪士尼玩，兩人存了幾個月的錢，就為了能有場完美的約會。但林金德和劉淑蓮卻從中作梗，偷偷打電話去取消班機，還想方設法取消了遊樂園門票的預定，破壞了他們的約會。

這事成功了，害得林仲凱和郭娟妤大吵一架，郭娟妤認為是林仲凱沒將行程安排好，而林仲凱則懷疑是郭娟妤的哥哥搞鬼的，她哥一直對他不是很友善；所以兩人就這麼吵翻了，甚至分手了，一直到半年後才又復合。

後來，雖然兩人結婚了，但林仲凱始終對這事耿耿於懷，很想知道當年究竟發生了什麼事，這是他永遠的痛。而林金德和劉淑蓮自然是將祕密保守在心底深處，打算帶進墳墓裡，一輩子都不讓人知道。

然而現在，林金德竟打算將這件事說出來，用來威脅劉淑蓮?!

「你傻了嗎，你為了逼我環島，要告訴仲凱？」劉淑蓮茫然的問道。

「沒錯。」林金德點頭。

「這事情你也有一份，你跟我在同一條船上！」劉淑蓮指著他的鼻子說道：「你休想都賴到我身上。」

「我沒有要賴到妳身上，大不了要死一起死。」林金德爽快的回答。

「啥？」劉淑蓮真的傻眼了：「老瘋癲，你真的是老瘋癲了，以前最怕被兒子發現的是你，現在怎麼不怕了？仲凱說不定會因為這件事跟你斷絕關係，就為了個環島，值得嗎？」

「我說了，從現在開始我只做我想做的事。」林金德若無其事的說道：「妳要是打電話，我也馬上打電話，跟仲凱和娟妤說這個祕密，妳不信邪可以試試看，我絕對會打，沒在怕。」

「……」

劉淑蓮捂住臉，蹲了下來，坐在地上。

她不曉得為什麼事情會變成這樣，比起疲憊、比起心力交瘁，更多的是疑惑和莫名其妙。她的丈夫怎麼了，到底怎麼了？她突然好想家啊，好想回到新竹。

她妥協了。

九點鐘，林金德和劉淑蓮用完早餐，然後出發了。

汽車徜徉在公路上，他們離開淡水，卻並非向南，而是繞過整個北海岸，沿著濱海公路往宜蘭駛去。

林金德愉快的吹口哨，將車內的音響開至最大聲，就像那種乳臭未乾的小屁孩。副駕駛座，劉淑蓮則消極的望著窗外，一臉看透人生似的，什麼都無所謂了。

他們有目的地，卻也沒有目的地，劉淑蓮不曉得這場鬧劇何時結束，只能祈禱丈夫趕快恢復正常。

第六章　寶貝愛車開成越野車，我已經豁出去了嗎？

劉淑蓮和林金德開始了他們的環島旅遊，他們不走國道或高速公路，而是沿著海岸線，走濱海公路跨過北部，林金德覺得這樣才有環島的感覺。

然而途中經過了九份、貢寮等等知名景點，林金德卻都沒有要停下來的意思，這讓劉淑蓮既疑惑又不高興，難道他們只是要開車繞完全島嗎？都不下來走走看看嗎？

劉淑蓮已經認命了，既然林金德要環島，就環島，因此她想買伴手禮的欲望又興起。但林金德都不停車，她是要怎麼買？她已經錯過了九份的知名芋圓還有貢寮的乾鮑魚，現在還要錯過什麼？

「你都不停下來，是要開去哪裡？」她終於忍不住說話了，這是打從上車後，她和林金德的第一句話。

「宜蘭。」林金德簡潔的回答。

「宜蘭？你去那邊有什麼事嗎？」劉淑蓮問道，早上林金德說要去宜蘭時，她還以為只是經過，沒想到是特地要去。

「想回我以前當兵的地方看看。」林金德淡定的說道，原來他的環島是有計畫的，而不是漫無目的往南走。

「你以前不是在鳳山（高雄某行政區）嗎？」劉淑蓮問道。

「不是一直在鳳山，我們當時有移訓，退伍前會跑很多地方。」林金德沒有多解釋，反正劉淑蓮也聽不懂。

他當了三年兵，其中印象最深刻的，就是在宜蘭的那段日子。

當時駐紮在「金六結」營區，軍舍十分破舊，寒流來襲時東北季風南下，兩棟營房之間的鐵皮屋，就是他們的餐廳兼教室，冷風會從石綿瓦的空隙吹進來，非常難受。

於是連長下令，各班人員上山割芒草，用以塞住屋瓦的漏洞，那時軍營附近的芒草都被居民割完了，遍尋不著，林金德便和幾個比較大膽的弟兄跑到了數公里外的公墓去割。當他們抱著一捆捆的芒草滿載而歸時，就別提其他人的視線了，那是一個痛快。

如今想來，這段回憶格外令林金德懷念，不花一毛錢，他們就整修了餐廳，度過宜蘭嚴酷的寒冬。現在他想再回到那個地方看一看，反正他們也沒有目的地，想去哪裡就去哪裡。

車開進了宜蘭市區，金六結是個大地方，林金德按照指標，很快就找到了軍營。

今非昔比，如今的金六結營區已經和他記憶中不一樣了，就連附近的景象也都改變。當時哪有什麼商家或便利商店呢，當時連這條柏油路都沒有呢，只有軍車能走的黃土路；至於那個被夾在兩個軍舍之間的鐵皮屋，也早已不見蹤影，被現代化的水泥房子給取代。

「你要進去嗎？」劉淑蓮問道，並看著營區的大門，遠遠的和拿步槍的哨兵對望。

「不了，怎麼可能，那可是軍營。」林金德搖頭：「而且進去也沒意義，房子都不一樣了。」

「你在這裡待了多久？」劉淑蓮問道，想填補她還未認識丈夫時的那段記憶空缺。

「六個月而已，但發生了很多有趣的事。」林金德左顧右盼了一下，指著大水溝對面的小路，決定去找他們當初割芒草的地方：「我們走那邊上去吧，應該可以看到一座墓園。」

他那些同梯入伍的戰友，多半已經斷了聯繫，他沿著山路上去，就想看看當年割芒草的地方。記憶中徒步幾十分鐘就能到的距離，開車開了好一會兒，卻都沒有盡頭。

「呃，怎麼好像走錯了……」林金德抓著方向盤，暫時停在路邊，打量窗外的風景。

「那麼多年前的事情了，你確定路會一樣嗎？」劉淑蓮幫忙出主意。

「路肯定不一樣了，當初是人走出來的路，沒有這種柏油路。」林金德回答道，他對周圍的景物其實完全生疏，就只有剛剛上來的路口，依稀有點印象。

「你要不要用導航？」劉淑蓮問道。

「導航？」

林金德很排斥導航的，他是電子白痴，導航的地圖他看不懂，講的話他也聽不懂，但此刻他卻想著，用一下試試看吧，畢竟他們也找不到目標。

「哦，你真的要用啊？還以為你鐵定會拒絕的。」劉淑蓮看著林金德在翻行李箱，便說。

「嘗試一下新的事物也沒什麼不好。」

林金德從行李箱中拿出了個塑膠袋，就是他們夫妻倆的手機、劉淑蓮的皮包、信用卡全部裝在一起的那個塑膠袋。

看到塑膠袋，早上的不愉快又浮現出來，劉淑蓮的嘴角癟了下去。但林金德假裝不知道，他將手機開機，試著找出兒子給他安裝的導航軟體，動著手指操作。

「我能不能用一下我的手機？」劉淑蓮問道。

「不行。」林金德頭也不抬的回答。

「我只是要看黃嫂傳的訊息，她昨天託我買一件東西，我還沒回答她。」

「不行。」

「吼，我不會給仲凱傳訊息，也不會看他的訊息，好嗎？」劉淑蓮不放棄的問道。

「說不用，就不用，還有，不要再提起仲凱的名字。」林金德轉過頭來，犀利的盯著她看，一字一句說得緩慢而清楚，宛如在警告她：「這是我們的旅行，我不要再聽到兒子和媳婦，現在妳再提到，我就要告訴他們迪士尼的事情。」
「天吶，林金德！」劉淑蓮氣得大嘆一口氣，卻又不敢有大動作，她知道林金德是來真的了，以往都對她言聽計從的他，竟然用上這種命令的語氣。
「那我問你，你那個生前契約你打算怎麼解決？」劉淑蓮抱著胸，接著又問道。
「什麼怎麼解決？不是買了嗎？」林金德若無其事的回答，視線回到手機上。
「你被騙了，林金德，你不知道這就是詐騙嗎？你還活著買什麼塔位啊，你現在不去退，還搞什麼環島！」劉淑蓮一口怒氣上來，整個爆發了：「你不趁現在去和那個人退款，你要拖時間拖下去，你什麼意思啊？你真的傻了嗎！」
「我沒有被騙，那個塔位就在新竹，價格也公道。」
「你把你那個契約拿來，我自己打電話去問清楚！」劉淑蓮轉身就要去翻行李箱，非常在意八萬元的事，她不懂林金德為何如此無關緊要：「你放在哪裡？契約你藏到哪裡了？」
「阿蓮，喂，妳好了，妳停下來！」林金德抓住她的手，阻止她拿契約，兩人在前座掙扎不停：
「我的事情我自己作主，妳不要管我好嗎！」
「什麼叫自己作主，你要怎麼瘋，也不應該拿那麼大一筆錢開玩笑！」劉淑蓮越說越歇斯底里，將行李箱的東西都翻出來：「人好端端的就在買塔位，怎不幫我也買一個算了？兩個一起買更便宜啊！」

「阿蓮，停了，我講了不是詐騙，喂！」林金德拚命阻撓著，見劉淑蓮不聽勸，轉手就用手機撥電話：「我現在要打給仲凱了，我打了，我現在就在打。」

「你打啊，去打啊！」劉淑蓮沒意識到那是什麼意思，依然鬧騰著，直到林金德電話撥通，熟悉的兒子聲音傳來，她才愣住。

「喂？爸！爸你們在哪裡？」電話另一頭傳來林仲凱的聲音。

林金德和劉淑蓮頓時停止了動作，看著對方，都沒說話。林金德瞪著劉淑蓮，用唇語清楚的表達了他的意思：**迪士尼**。

「爸！」

「爸，怎麼不說話，你們到底跑去哪裡？」林仲凱再次問道。

「喂？有人在嗎？」

「迪士尼好玩嗎？」林金德直接衝著手機講一句。

「啥？什麼迪士尼？爸，你們去迪士尼？」

林金德抓著手機齜牙咧嘴，朝劉淑蓮不斷比手畫腳招呼。

在這一番威嚇之下，劉淑蓮怕了，她終於相信，林金德真的會說出祕密，於是她乖乖的將散落的東西塞回行李箱，拉上拉鍊，然後無聲的做出手勢保證，自己不管塔位的事了，拜託林金德別鬧了。

林金德掛斷電話，這才出聲朝劉淑蓮咆哮一句：「不到黃河不死心，就跟妳說我不是在開玩笑！」

「……」劉淑蓮不說話，憋得滿肚子火，有怒難言。若不是林金德狐假虎威的拿著那件事要脅，她早就一巴掌呼過去，踹也把他踹下車了。

兩人繼續上路。

因為林仲凱一直打電話來，所以林金德放棄了導航，將手機關機，憑著方向感繼續開車。但這麼一通瞎開，卻開到迷路了，山路越來越小條，找不到當初的墓園。沒有芒草，倒出現了一堆竹子，矮小的竹子刮得汽車板金嘰嘰作響，林金德聽得心疼，降緩車速，想迴車放棄，想想卻又不甘心，只好硬著頭皮繼續向前開。

「這什麼路啊，都是竹子。」他抱怨。

半個小時後，他們開下山了，沒找到墓園，車也差不多毀容了。

「該死！」林金德下車檢查，整個車體都是竹葉泥巴和沙子，輪胎更慘，雖然沒有傷到板金，但鐵定是要牽去洗，才能恢復原本的模樣了。

「真難得喔，平常像在顧阿公一樣（指顧車很無微不至），頭一次看到這樣操你的愛車。」劉淑蓮坐在車上嘲諷，故意說得很大聲。

林金德假裝沒聽到，從地上撿了根樹枝，想撥車頂的泥土，但他看著髒兮兮的車子，忽然覺得這麼做也沒意義了。

他的親人朋友總嘲笑他說，是車要照顧人，不是人要照顧車，買車就是要來開的，他以前聽不進去，現在卻覺得有道理了，車子再髒，洗一遍就好，為了那一丁點泥巴心疼來心疼去，完全沒意思。

「走，去找間便利商店。」於是林金德上車，不管泥巴了。

「找便利商店幹嘛？」劉淑蓮問道，她已經怕了，以為林金德又要搞奇怪的事。

「買點提神飲料，順便問路。」

他們又往前開了一段路，在山下繞了一圈，才找到便利商店。

林金德拿了些零錢給劉淑蓮買東西，自己就到櫃檯去問路，他非得找到那個墓園不可。

「請問一下哦，這附近是不是有個墓園啊？」

「啊？墓園？」店員聽了他的疑問，想了一下：「我記得沒有欸。」

「不會很大，就一小塊而已。」林金德用手指比劃著：「宜蘭的墓園應該也不多，就在附近山上，你有印象嗎？」

「沒有耶，我每天都騎這條路上下班，沒見過有什麼墓園。」店員回答：「你是不是記錯了？」

「嗯，那可能是我記錯地方了。」林金德有些失望，這時卻突然想到另一個線索：「噢，對了，那有醫院嗎？」他問道。

「醫院？」店員愣了一下，不太知道林金德想做什麼：「診所可以嗎？你是要看醫生？」

「不是診所，是醫院，很大間的那種，就叫……宜蘭醫院！」他靈機一動。

他記得當年和夥伴割芒草的地方，正是在宜蘭醫院的後面，那時醫院不喜歡阿兵哥，他們經過都要繞著走。醫院的後山有公墓也不是什麼奇怪的事情，可能有些因病逝世的患者就直接埋在那裡了。

「找不到你說的醫院耶。」熱心的店員拿出手機幫忙搜尋：「你再說一次，那叫什麼醫院。」

「宜蘭醫院。」林金德回答，想想又補充：「省立宜蘭醫院。」

這麼多年過去了，該不會倒了吧？

「哦，找到了。」店員說道，盯著螢幕說道：「但好像已經改了，現在叫陽明大學附設醫院，蘭陽院區。」

「啊？怎麼會改成這樣？」林金德皺眉，覺得那串名字特別拗口：「你確定是一樣的醫院嗎？」

「對啊，而且它也不在這裡耶。」店員將手機地圖拿給他看，並指著山的另一邊說道：「它在火車站那邊，你往市區走就會看到了。」

林金德接過地圖，打量了一會兒，原來他們搞錯方向了，要走回頭路，他當初割芒草的地方是在另一側，在金六結軍營的另一頭。

「怎麼樣？」此時，劉淑蓮也捧著要買的東西走來櫃檯。

「找到了，但不在這裡。」林金德回答，挪開位置給劉淑蓮結帳，瞄了她手中的東西一眼：「妳怎麼又買這麼多食物？」

「誰知道你還會去哪裡，總要準備些備用糧食吧？」劉淑蓮翻了個大白眼，她被林金德折騰得還不夠嗎？在竹子路亂竄時，她真的覺得自己會被帶到什麼深山裡。

林金德沒有多說什麼，他走到店外等劉淑蓮，只是惦記著等會兒要怎麼開，才能快一點到達目的地。

下午三點多，他們總算到達那片墓園，是在醫院後方的一塊國有公墓。

林金德將車熄火，停在路旁，和劉淑蓮下車走走。

風吹來，往下眺望可以看到整個城鎮，劉淑蓮沒看過這景色，只是掃興的問，這就是傳說中的蘭陽平原嗎？好像也沒有很平；林金德則早已忘記當年俯瞰的樣子，醫院改名了，墓園也不同了，現在多了磚石道路還設有警衛室，和四十年前那亂葬崗的形象天差地遠。

什麼都不同了，物是人非，連人也不同了。

林金德感慨著，彷彿能見到一群穿軍綠內衣的小夥子起鬨上山，天不怕地不怕的踏入墓園割草，吆喝著今晚要被長官稱讚。他就站在這裡，望著他們，好像昨天的事而已，才一轉眼，他已經六十幾歲了。

「我們走吧。」林金德對太太說道。

「你當初就在這裡當兵？」劉淑蓮問，瞇著眼看遠方，若有所思。

「在下面那裡，剛剛那個軍營。」林金德以為太太沒搞懂，便解釋道：「這裡是我們割芒草的地方，但也只來過一次。」

「我知道，我的意思是，原來我的先生在這片蘭陽平原待過半年。」劉淑蓮嘆了口氣：「半年呀，說長不長，但說短也不短呢。」

剎那間，林金德似乎看到了太太露出的一抹笑，或許是苦笑，但終歸是笑。

要講歲月是把殺豬刀、歲月如何如何輾壓人，已經過於老掉牙了，但活到這把年紀，他想，誰都能或多或少理解那種青春逝去、韶光不再的感慨吧。

※　※　※

林金德沒想留在宜蘭，下山後，兩人在市區簡單吃個飯，再繞回金六結軍營看一眼，然後就匆匆上路了，朝著下一站，花東縱谷駛去。

以往要去花蓮只有一條路，就是蘇花公路，現在多了「蘇花改」，是另一條改建的公路，更安全也更快。但林金德依然選擇了舊的公路，沒別的原因，舊的鄰近海岸線，沿途可以欣賞美麗風景，而新的卻建在隧道內，什麼也看不到。

他們又不趕時間，自然是選擇蘇花公路。

「阿蓮啊，拿包餅乾吃一下可以嗎？」林金德開著車窗，心情好的問道。

「你要什麼？」劉淑蓮回答，往後座打量她的戰利品：「鹹的有蝦餅、豬肉乾、魷魚絲，甜的有桂花糕、鳳梨酥……」

「魷魚絲好了。」

劉淑蓮將魷魚絲遞給他，算了一下時間，也該打飯後的胰島素了。

她從林金德的行李箱中拿出藥盒，熟練的處理藥劑，用酒精稍微抹一下林金德的手臂，就狠狠把針扎下去。

「噢，妳是故意的吧？」林金德大叫。

「沒有。」劉淑蓮哼的一聲說道：「你自己身體要注意一下，這幾天三餐都不正常，我們剛才是算午餐還是晚餐？」

「午餐吧。」林金德回答：「晚上再去花蓮看有沒有什麼風味小吃。」

劉淑蓮不說話了，她收起針劑，替林金德壓了壓打針的手臂，然後才嘟噥一句：「這樣你就開心了是嗎？」

「什麼？」林金德沒聽懂她的意思。

「這樣子環島，就是你想做的事情？」劉淑蓮問道。

林金德知道她的言下之意，原本愉快的心情，又被蒙上一層陰影了。

他開心嗎？他也不知道，即使現在開心，回家之後，是不是又要回到原本的生活，面對一樣的事情？

兒子、媳婦、孫子，一切依然沒變，他回去他還得面對他們，而且還得交代清楚這次在幹嘛。原本人人稱羨的天倫之樂，原本那樣子習以為常的生活，此刻卻成了林金德莫大的包袱，想掙脫都掙脫不了。

林金德握緊方向盤，不自覺的將油門踩得更重，盯著正前方看。

「你幹嘛？」劉淑蓮察覺到車速的變化，皺眉問道。

「沒事。」

「還沒事，你要超速了。」劉淑蓮指著儀表板說道。

林金德的個性溫溫吞吞，在開車上也是一樣，一路走來他們始終維持最低限速，在高速公路上就開八十幾，在一般道路甚至只有開三、四十，但此刻隨著林金德踩油門不放，時速已經到了七十公里。

蘇花公路雖然沒有山路那麼曲折難開，但它只有兩線道，若對向有大車開來，要轉彎也頗為危險。林金德卻不停加速，沒有要停下來的意思。

「欸欸欸欸，九十了，你開這麼快幹嘛啦！」劉淑蓮拍著他的手臂，要他慢下來。

「又沒關係，現在又沒車。」林金德回答。

「你不怕被拍照嗎？這裡限速六十而已。」劉淑蓮打量著外頭的告示牌說。

「我們這台車會偵測照相，安啦。」

林金德這輩子都奉公守法，很少有出格的行為，前方道路筆直，他一口氣就衝到了一百多公里，心裡直呼痛快過癮。

他生平第一次超速這麼多，腎上腺素在體內飆升，這種久違的做壞事的感覺，讓他想大喊自己也不是吃素的！

他握著方向盤，他就是要超速，他不只要超速，他還要去上酒店、逛舞廳、抽大雪茄和跳高空彈跳，反正只要是以往他不敢做的，他現在都要做過一輪。

「林金德，停下來！」劉淑蓮叫道，掐著他的手：「你開太快了！」

「我不停。」林金德倔強的回答。

「我要報警了！」

「妳去報啊。」

「我要下車！」

「妳下啊。」

「我要離婚！」

「妳離啊。」

劉淑蓮氣得滿頭爆炸，不說話了，而林金德則依然踩著油門，將濱海公路當成高速公路在開，但他還是有節制的，車速一直維持在一百多公里，沒再往上加。

前面是一個大海岬，在數層樓高的地方向海岸突出，形成一幅驚絕險奇的景象。林金德欣賞著眼前的風景，神清氣爽的開著車，準備繞過大彎，卻發現，對向過來的車，有好幾輛都在閃大燈。

「現在是怎樣，路這麼大條，還怕我撞到他們？」林金德不爽的說道，認為對方是在挑釁。

「你開這麼快，不閃你閃誰？」劉淑蓮氣呼呼的說道。

「抓緊囉，要過彎了。」林金德身體向後仰，彷彿在開賽車一樣，戲劇性的劃過半個圓，高速轉過海岬。

咿——的一聲，刺耳的警笛聲響了起來，林金德嚇了一跳，他透過後照鏡看到，在岬彎的岩壁下，有台警車朝他們追了過來，紅藍警示燈嗡嗡嗡嗡的閃個不停。

「林金德，我就說！」劉淑蓮尖銳的叫道，驚慌的望著後方：「你被抓到超速了啦，一百多……」她想起剛才的車速：「完蛋了啦，這罰單不知道多少錢！」

「噓，阿蓮妳別叫了，噓！」林金德安撫道。

他將車緩緩停在路肩，腦海裡一團亂，他不怕超速被開罰單，而怕一件更嚴重的事情。該死，現在的警察都這樣守株待兔嗎？誰會知道海岬後躲著輛警車呀！

警車開到了他們後方，兩個警察下車了，一左一右的朝他們走來。

林金德主動降下車窗，苦笑的朝對方打招呼。

「大哥，開得有點快喔？」走過來的是一個胖警察，他瞄了車內一眼，視線停在林金德臉上：「這條路砂石車很多捏，開那麼快很危險。」

「對不起對不起。」林金德趕緊道歉。

「我看看，唉唷……」胖警察從同事手中接過測速儀器，看了看上頭的數字：「開到一百多捏，這樣要罰很多錢喔。」說著說著他就拿出罰單本來。

「哇！」看到這一幕，坐副駕駛座的劉淑蓮按捺不住了，立刻雙手合十拜託：「大人抱歉啦，下次不敢了，不要開啦，真的我們以後不敢了啦！」

「你這樣開太快了不行。」胖警察回答。

「我們是外地來的啦，真的不知道，拜託大人不要開啦！」劉淑蓮再次哀求，朝胖警察不停揮手，希望能打斷他寫罰單的動作：「哇，真的要開喔！」

「你們剛剛過來，對面車子都沒給你們打燈提醒嗎？」這時，較瘦的警察問道。

「打燈？沒有啊。」劉淑蓮不明所以的回答。

「嘖嘖，現在的人真沒公德心。」

這些話聽在林金德心裡滿是無奈，難怪剛才過彎時有一堆人向他閃大燈，原來是在警告後面有警察。然而他其實不在乎罰單，他在乎的是被攔下來這件事，他和劉淑蓮現在身分敏感，要是被查出什麼東西來就頭大了。

——他和劉淑蓮，很有可能已經被兒子通報為失蹤人口了。

他最後一次用手機時，看到的訊息頗為不妙，林仲凱說他已經查過海關的出入境資料了，兩老並未出國，他還問他們是不是被綁架了，他已經準備要到警察局去做筆錄了，如果兩老再不接電話，他就要報他們失蹤。

林金德並未被威脅，他堅決不理會林仲凱，但此刻他卻也擔心林仲凱是不是真的報案了，如果他和劉淑蓮真的成了失蹤人口，被警察給抓回去，他的環島之旅就泡湯了。

「大哥，這車主是你嗎？」胖警察問道，一面揮著筆用小電腦查詢。

「呃，對。」林金德緊張的回答，直盯著擋風玻璃不敢亂看。他心裡擔憂著會不會一查車主，就跳出他失蹤的訊息。

這舉動卻讓胖警察起了疑心，胖警察收起嘴角的笑容，雖然還在開罰單，但注意力卻已經悄悄移到林金德身上。

「車主叫什麼名字啊？」胖警察問道，並注視著小電腦上的資料。

林金德沒回答。

「嘿，大哥，車主叫什麼名字？」胖警察再問。

劉淑蓮趕緊推林金德一把：「叫你呢，耳聾啊。」

「啊，林、林金德。」林金德這才回神，慌張的說。

「你就是林金德嗎？」胖警察再問。

「對。」

「有帶身分證嗎？我看一下。」胖警察說道。

林金德只好轉過腰，到後座去翻行李箱，胖警察盯著他看，忽然間神色大變，趕緊無聲的招呼搭檔過來。

「先生，請你下車一下。」胖警察說道，已經將罰單收起來了，全神戒備的盯著林金德。

「啊？」林金德一臉茫然，他才找一半而已呢。

「請你下車，先生。」胖警察說，緊挨著車窗，語氣變得冰冷：「請你配合稽查。」

林金德暗道不妙，該不會真的成了失蹤人口了吧？

他一慌張，手便握住方向盤，有那麼一剎那想著是不是該逃跑，否則被抓到警局，就真的完了；要他和劉淑蓮被拘留安置，直到兒子媳婦來認領，那景象多丟人啊，他這趟堪稱離家出走的壯舉，豈能落得那種狼狽下場？

「先生，請你馬上下車，手離開方向盤！」不料，他的行為澈底觸怒了警察，胖警察伸手壓住車窗，對著他吆喝，瘦警察則抽出警棍，揮入車內硬生生卡住方向盤。

「天吶，怎麼了啊？」劉淑蓮被嚇傻了。

「林先生，請你手放頭上，馬上下車！」

「現在下車！」兩個警察命令道。

林金德也被嚇得不輕，只能哆嗦著遵照指示，將車輛熄火，車鑰匙拔起來，然後手抱頭的離開駕駛座。

他被兩個警察按在車門邊，兩腿顫抖不停，站都站不穩，車內劉淑蓮哭了起來，直嚷著怎麼了，她也想下車，但警察卻讓她待在車內，不許亂動。

「來，這是什麼東西？」胖警察揪著林金德，一面將碩大的身軀探進駕駛座裡，一面當劉淑蓮的面，在椅子中間用手套取出一枚針筒。

就是針筒，散落的針筒讓兩位警察誤會車內有吸毒的跡象，再加上林金德態度又遮遮掩掩，更加深了他們的懷疑。

「那是……針筒啊，怎麼了？」林金德回答，兩隻胳膊被扭得痛得要死。

「你自己老實講，這是注什麼的？四號仔？（海洛因）」

「什麼四號啊？」林金德聽不懂。

還是劉淑蓮先看出端倪，趕緊抹抹眼淚說道：「大人啊，那是我先生糖尿病用的，不是違禁品啦！」

「糖尿病？」兩個警察都愣住。

「對啊，糖尿病每天都要打那個胰島素啊！」

「有需要打這麼多，妳騙我？」胖警察不相信的說道，並從椅子中間取出更多殘留的針筒。若不是劉淑蓮和林金德吵架，也不會把這些針劑搞得這麼亂，現在看來真的像吸毒現場。

「大人啊，真的是糖尿病的啦！」林金德有苦難言，掙扎著說道：「你看我這把年紀了，像吸毒的嗎？」

「難說喔，一堆老毒蟲都馬你這個年紀。」胖警察持續翻找。

「哎唷，你們說話怎麼這麼難聽啊，什麼老毒蟲！」劉淑蓮聽不下去的罵道，這讓胖警察命令她將安全帶繫上，束縛她的行動。

「你們說這是生病要用的，那有醫生證明嗎？」胖警察問道，已經將所有的針筒都找出來了。

「醫、醫生證明？」林金德怨嘆自己命苦，怎麼又卡在醫生證明：「就是沒有啊，不然我們怎麼會在這裡？早在歐洲了。」

胖警察聽不懂他說什麼，以為在胡言亂語，便更加篤定的拍了他的背一把：「沒醫生證明還瞎掰說是什麼打針的，走，都抓回來派出所驗，針筒裡面的到底是什麼，驗一驗就知道了。」

「唉唷，不行啦，我不能去派出所啦！」林金德簡直要哭出來。

「還不能去？我看有你是有鬼！」

「大人啊，我們真的是無辜的啦，你們真的不能這樣冤枉我們啦！」劉淑蓮也在車內喊道。

「哼，無辜？」胖警察看了一眼他們的車：「破破爛爛烏漆抹黑的，這車說不定還是偷來的勒，你們到派出所老實交代啊。」

這下真的跳到黃河也洗不清了，林金德欲哭無淚，平時的愛車，擦得金光閃閃晶瑩剔透，此刻卻搞得像被槍打到一樣；再加上車內被搜出針筒，提不出醫生證明，到底該怎麼解釋才能擺脫嫌疑呀？

「就去派出所一趟吧。」胖警察說出結論。

就這樣，林金德夫婦坐上警車，被送往最近的警局，而他們的車子也被當成嫌疑物件，一併拖到警局去。

天底下的倒楣事，全在這次被他們給碰到了，林金德不禁在心裡吶喊，自己到底是得罪了誰呀！

第七章　太倒楣了，這趟旅行實在是走不下去了

林金德和劉淑蓮被逮到了派出所，接受一連串的調查。

車上的針筒最後被驗出來，都沒有毒品成分，一大夥警察在林金德的車上爬進爬出搜查，也沒發現其他可疑的跡象，他們真的冤枉好人了，那些真的是胰島素的針劑。

但林金德夫婦已經被折騰的不成人形了，警察對他們還算客氣，畢竟剛抓回來時還沒有具體的事證，所以沒有被當成犯人對待。但他們一來一往的被叫去問話，空等時就坐在木椅子上發呆，冷氣很冷，椅子又很硬，幾個小時下來不只腰酸背痛，心裡更是被折磨得七上八下。

「我這輩子第一次被抓來派出所，真是托你的福了。」劉淑蓮哀怨的說道，一面搥著肩膀和背部。

晚上十點多，調查終於結束了，林金德除了被開一張超速的罰單，沒有其他違法的地方，反而是警察必須為他們的魯莽道歉。所長親自帶著那一胖一瘦的兩個警察來鞠躬哈腰，提著不知從哪買來的水果，致上最深的歉意。

「林先生，真的很對不起呀，我們同仁沒有多查證，就這樣執法。」

「……」

「真的很抱歉，是我們處置失當！」

「……」

林金德累垮了，裹著所長給的棉被，兩眼昏花的發呆，將事情交給劉淑蓮處理。夜已經深了，這派出所荒涼偏僻，周圍除了海，並沒有什麼旅館或飯店，所長替他們張羅了一個房間，在樓上宿舍，問他們要不要委屈一下，在派出所睡一晚，隔日再離開。

「啊要錢嗎？」劉淑蓮問道。

「當然不用啊，林太太，是我們比較抱歉，要讓你們將就一下。」所長回答她：「附近真的也沒地方去了，你們就留一晚，看有什麼需要，都告訴我。」

「嗯，好像也沒辦法了。」劉淑蓮無奈的說道：「可是那平常有人睡嗎？衛生還好嗎？」

「我馬上請人打掃！」

事情就這樣決定了，他們要在派出所過夜。林金德聽不下去他們無聊的對話，他肚子餓，心情差，附近連點吃的都沒有，所長說已經給他們煮了泡麵，但他還是想出去外面繞一下，透透氣。

於是他站起來，藉口說要去看一下車，就走出派出所。

「林大哥，你們真的是來玩的嗎？」結果他前腳才剛跨出大門，後腳所長就結束了和劉淑蓮的溝通，並跟了上來，問了一句。

頂上繁星密布，底下卻黑漆漆的一片，沒有路燈，只能聽見海浪的聲音，看不見海在哪裡。這派出所位置偏僻，建在公路的護欄下方，憑著想像，左邊應該是山，右邊應該是海，林金德沒有走得太遠，就在派出所前的防風棚架漫步。

「是來玩的啊。」林金德隨口回答。

「怎麼玩得這麼狼狽啊？」所長直率的說道，沒有冒犯的意思：「我看你們也算老實人，怎麼會搞成這般灰頭土臉的樣子？」

林金德嘆口氣，是呀，他那台車在這樣橫衝直撞後，已經被搞得不成「車」形了。就算沒超速，說不定也會被當成贓車，遭警察攔下吧？

「不知道欸，就玩過頭了吧。」林金德回答，接著問道：「所長，你在這裡多久了啊？」

「兩年多了。」

「都不會想走嗎？你有結婚嗎？」

「我是花蓮人。」所長回答，待在自己家鄉並不會讓他感到無趣，然後回答下個問題：「還沒欸，家裡也一直在催，畢竟都四十老幾了。」

「結婚其實也沒什麼好。」林金德嘟噥道。

他其實也不知道自己想抱怨什麼，但就是很鬱悶，一直都很鬱悶，整趟旅程都是鬱悶的。這場被抓來派出所的倒楣遭遇，倒也不是沒有收穫，唯一的收穫大概就是，確定了自己沒有被林仲凱報失蹤。

所長點了一根菸，緩緩抽起來，他見到林金德的眼神，便也遞了一根給他。

林金德陷入遲疑中，他原本是想告訴他，自己不抽菸，要先去旁邊避一避的，但此刻看著那根菸，他卻伸手接住了。

「不結婚有好有壞啦，自己一個雖然自由，但總不能一輩子。」所長隨性的說道，拿出打火機替林金德點了菸。

林金德用右手捏著菸，微微顫抖，然後猛抽了一口，被嗆得連連咳嗽。

他這輩子只抽過一次菸，是在年輕的時候，之後就再也沒抽過了。他想起當年拒絕的理由，是為了省錢和怕被爸爸打，便咬著牙再抽一口，這次連眼淚都嗆了出來。

「花蓮還不錯啦，雖然沒有你們西部熱鬧，但在這邊很舒服。」所長悠悠的說道，沒注意到林金德的變化，逕自吹著風。

林金德默默叼著菸，眼淚和著鼻水和心中的苦澀流下，感覺累，或許是因為他已經走完了人生所有的上坡，盼來的下坡卻沒有想像中那麼圓滿美麗。

「唉唷，林大哥你怎麼了？」所長終於注意到他的異狀。

「沒事啦，這菸有點嗆，不習慣。」林金德說道，並抹抹臉。

「那你抽很淡喔。」所長說道：「我這菸已經算很淡了勒。」

這一夜，他和劉淑蓮就在派出所度過了，堅硬的床鋪讓他想起當兵的時候，摻和著在鳳山兵營和金六結的回憶，恍惚之間彷彿有無數個惡夢奔騰而過。他睡得很不好，卻也沒有醒來，如墜入深淵的人，能看到那模糊的一線天光，卻又逃不出去。

隔日，他一直輾轉到十一點多，才迷迷糊糊的從床上起來。

他到了這個年紀，很少賴床的，和所有老人家一樣，總是清晨就自然醒來，退休後，他頭一次睡得這麼晚。

劉淑蓮說可能是胰島素遲打的原因，昨晚他們忙到一兩點才睡覺，劉淑蓮幫他打針的時間比平時晚了三、四個小時，對身體不免產生影響。但林金德卻無心探究，他只覺得自己很累，渾身虛脫，腦袋嗡嗡嗡的叫著，睡了一覺完全沒有幫助。

那不只是身體的累，也是一種心靈的累，步下樓梯時還要劉淑蓮攙扶，誰來問候都不搭理。這趟被抓來派出所折騰，他的元氣盡失，面如槁灰，彷彿老了十幾歲，命丟了一半，整個人都不好了。

他們告別派出所，告別既熱心又愧疚的所長，告別這段插曲。

劉淑蓮開車。

※　※　※

依舊行駛在蘇花公路上，劉淑蓮緩慢的開著車，她的個頭比林金德還小，得將座椅往前調才合適，這讓後座警察幫他們整理好的伴手禮又散落一地，但沒人在乎。

林金德癱在副駕駛座上，將頭斜靠在車窗，動也不動的縮著身體，背影看起來像在睡覺，實則凝視著窗外。

夫妻倆誰也沒說話，車內靜悄悄的，就這樣開了好長一段距離，直到林金德看到路標告示牌，顯示他們即將進入更南方的台東，這才回過神來。

「妳要去哪裡？」他問道，轉過來瞄了一眼劉淑蓮。

「繼續往南開。」劉淑蓮回答。

「不用了。」林金德灰心的說道，似乎已經放棄一切：「隨便妳要去哪吧，回家也可以，手機在後面，隨便妳拿。」

劉淑蓮沒說話，而是抓著方向盤，繼續開車。

這讓林金德有些困惑，他原以為劉淑蓮逮到機會，就會立刻挾著他回新竹的，怎麼跟他想的不一樣？

劉淑蓮見他一直盯著她看，便說道：「既然這個環島對你來說這麼重要，我們就把它環完吧。」

「我講了，不需要。」林金德消沉的說道。

「你不要，我要。」

「啊？為什麼？」林金德不懂：「先前是妳一直吵著要回去，現在放妳自由了，妳卻反而不要了？」

「你累了，休息吧，眼睛瞇一下，等等我們去吃午餐。」劉淑蓮直接終止這個話題。

劉淑蓮會開車的，她有駕照，她並不像外人看到的那樣，只是個愛嘮叨的老太婆。雖然已經好幾年沒開車了，林金德也從不讓她碰這台寶貝愛車，但此刻操作起來，還是駕輕就熟。

她知道林金德出事了，雖然不知道是什麼事，但她得解決才行。她看到他帶著訃聞、又簽了份生前契約，她猜他生病了，或許罹癌了，剩沒多久可以活，所以才搞出這一連串叛逆的鬧劇。

林金德一直是家裡的支柱，雖然她總是唸他、罵他、總是比他強勢，但她比誰都清楚，是她在倚靠林金德。現在林金德倒下了，她得撐起這片天，得幫她的丈夫度過難關。

想到這裡，劉淑蓮強忍著莫大的擔憂、害怕與不安，繼續安靜的往南開。

她不敢說自己是女強人，但她和他們那個年代所有的女人一樣，什麼苦活都幹過，她會帶著林金德繞完這個島的，她相信他們能克服難關。

他們跨過了台東、屏東，沿路都沒有停留，直到進入高雄，劉淑蓮才下高架橋，往鄉間道路駛去。

「妳要回娘家？」這時林金德終於忍不住問道。

劉淑蓮的娘家就在高雄，她爸爸已經去世了，但母親還健在，和哥哥一家老小住在老宅子裡。

「沒有，你別想太多。」劉淑蓮說道，她知道林金德不喜歡她娘家，再說，現在的狀況也不合適：「帶你去一個地方，我們先去吃飯。」

這裡是劉淑蓮的故鄉，她熟悉的開著車，駛進鎮上，她思索著要帶林金德去吃什麼好料，又擔心那些她記憶中的店已經倒閉了。

她太久沒回來了，就算回來，也都是待一下就走；賣魯肉飯的張叔不知道還在不在？市場對面的魚丸鋪有成功讓第三代接手嗎？做麵的阿義仔唸了十幾年的設備，換了沒有？

最後，他們既沒吃魯肉飯，也沒吃任何劉淑蓮掛念的食物，而是挑了一家自助餐店，簡簡單單的打發了一餐。原因沒有別的，劉淑蓮不希望先生這副頹喪樣子被她的熟人看到罷了。

但最終，吃完飯後，他們還是回到了熟悉的地方。劉淑蓮帶著林金德到她老家附近的一間大廟去拜拜，這廟她從小拜到大，就別說靈不靈驗了，早就成了她生命的一部分，只要有回來就會拜。

「你要一起來嗎？」劉淑蓮問道。

林金德搖頭，他沒有想拜，坐在門口的凳子上等劉淑蓮。

紅燈籠掛滿門楣，向內逐漸縮小視野，給人一種錯覺，彷彿向哪看去最終都落在主神上。空氣中飄散著濃濃的香燭味，偶爾一縷清煙揚起，追逐進進出出的香客，便讓林金德緊繃的神經稍稍感到放鬆了。

劉淑蓮喜歡拜拜，喜歡信仰，從年輕的時候就這樣，像這次出國她執意要去羅馬，就是為了看看教宗的真面目。林金德笑說那是基督教，才沒有給妳拜的空間，頂多只能學外國人做做禱告手勢，但劉淑蓮才不在乎。

他看著劉淑蓮東摸摸西摸摸，一下捻香一下雙手合十，幾十分鐘後才告一個段落。

「拜完囉？」見劉淑蓮走來，他說道：「這廟都跟妳這麼熟了，還收妳香油錢嗎？」

「我是沒給，就拜一下。」劉淑蓮回答，見林金德精神稍微好了些，還有心思揶揄她，便放心不少：「但你話也不是這樣講的吧？被你一講，我現在不給好像就不靈了。」

「妳是求什麼？」林金德問道：「又是求兒子平安嗎？」

「傻呀，求的是你。」劉淑蓮翻了個大白眼，她以前出入廟宇，求的多是兒子和孫子，但這次她只求丈夫平安而已：「只要你好好的，我就省心了。」

夫妻倆陷入沉默，劉淑蓮在林金德身邊坐下，忽然間視野就變得跟他一樣矮了。她能望見從門口進來的人，那各式各樣的神情，有的心事重重、有的眉開眼笑，至於她剛才是什麼表情，她不確定，或許只有神明知道了。

「生仲凱之前，我每天都來這裡，說菩薩啊，請一定要保證他平安。」劉淑蓮說起往事，五味雜陳。她懷孕當時，和林金德是住娘家的，他們沒錢，只能看娘家人臉色：「好在生出來了，也養大了。」

「嗯。」林金德回了一聲。

「伯凱如果還在，生的孩子說不定要比哲哲大上一輪了。」她忽然提起了另一個名字。

「……」

他們夫妻倆，其實不是只有一個兒子，在林仲凱之前，其實還有一個叫林伯凱，但出生後沒多久就夭折了。

古時候生兒取名，老大叫做「伯」，老二是「仲」，以此類推，林仲凱之所以叫做「仲」，是因為他前面還有個哥哥。但林金德和劉淑蓮從沒對他提過這件事，那是他們心中永遠的痛，總有一天，或許林仲凱會從他的名字發現端倪，但不管如何，林金德和劉淑蓮都會永遠保守這個祕密，他們夫妻在守密這件事上出奇的一致，誰也不會說出去。

「為何突然提起伯凱？」林金德問道。

「偶爾還是會想起來。」劉淑蓮若有所思的回答。

生孩子，無疑是婚姻關係裡最神聖的一環。林伯凱，雖然這個名字只短暫在他們的生命中活了幾個小時，卻被賦予了永恆的意義，每次說出口，都代表他被當成一個人，曾經存在過的人。

因為曾失去過孩子，所以他們對生孩子這件事有極大的不安全感，只生到林仲凱而已，沒再繼續生。對於林仲凱後來的養育，夫妻倆也是有多寵溺就有多寵溺，他們沒有什麼教育觀念，就是在經濟許可的狀況下，一切以孩子為主。

「所以我們是慣父母，有聽過這個詞嗎？」劉淑蓮打趣的說道：「就是很寵孩子的父母，仲凱就是媽寶和爸寶。」

「仲凱才不是媽寶。」林金德反駁了。

「沒有嗎，他不是什麼都聽我們的，凡事要我們張羅嗎？」劉淑蓮故意說道：「連孩子都丟給我們帶呢。」

「他從上大學後，就沒在聽我們的話了吧？」林金德說，很用力的辯解：「後來的人生也都是自己決定的，妳說他是媽寶，妳覺得他有聽妳的話嗎？大的事情他沒聽過我們的話，只有一些小事情才會順著我們，這樣的孩子怎麼會是媽寶？」

「哈哈哈，明明是你嫌棄他賴著我們，怎麼現在開始替他說話了？」劉淑蓮笑道，她的激將法生效了。

「我不是嫌棄他賴著我們，我只是覺得，我們兩個不該再這樣下去。」林金德知道她在指什麼，便不迴避的將話題講到重點上，也就是帶孫子這事：「三十年前的我們已經養過一次孩子了，從年輕被追到老，現在還得再重複一次，有完沒完呢？難道整個人生都要被仲凱給占滿嗎？」

「被孩子占滿有什麼不對呢？」劉淑蓮反問道：「人這輩子無非就是親人、朋友，我們兩個朋友夠少了，連親人都不要了嗎？」

「沒有說不要，妳怎麼總聽不懂我的意思呢？」

「我懂你的意思。」劉淑蓮說道，扶著林金德的手，化解他的激動：「人到了某些年紀，總會迎來某些情緒，很困難的情緒，我也曾經有過。」她話說得隱晦，其實是想起了自己的更年期，以及產後那段憂鬱的時光：「給自己一點時間，總會過去的。」

話說到這裡，她沒再說下去了，起身就又到殿裡拜了拜，沒讓林金德看到她的表情。

她很擔心，擔心林金德不是單純的憂鬱，那張訃聞還印在她腦海裡，她終究不敢問出口，她怕得到的，是一個丈夫隨時會離開她的消息。

就等這趟旅行結束吧，等他們回家後，她會問清楚真相的。

想到這裡，她突然好希望這趟環島能久一點，久到都不要結束。

她雙手合十，再次向眼前的菩薩拜了拜，這回她掏出香油錢，丟到桶子裡。

※　※　※

劉淑蓮的娘家就在大廟附近而已，隔不到兩條街，他們開車停在巷口，遠遠望著那堆滿雜物的透天厝一樓，沒要進去的意思。

劉淑蓮沒有想回家看看，那不是這趟旅行的重點，況且她大哥在家，她不想見到他。

她跟她大哥處得不好，他們家還有兩個女生，三姊妹都和大哥處得不好。他們家是最典型的重男輕女代表，小時候她和兩個妹妹總是看著大哥啃蘋果，那時候三餐都不見得有肉吃，蘋果是最昂貴的奢侈品，只有大哥有權享用。

大哥不僅不會分給她們，還會故意吃給他們看，那是劉淑蓮童年記得最清楚的回憶。她不討厭大哥，當時家家戶戶都這樣，他們家只是父權社會的一個縮影；她開始討厭大哥，是在她要結婚的時候，她大哥百般的挖苦她，嫌棄林金德的不是。

從那時候起，她才意識到大哥的蠻橫與驕縱，她家三姊妹都沒讀書，讀到國中而已，畢業後就投入職場做工，賺錢給家裡唯一的兒子，也就是她大哥讀書。結果讀到大學畢業，也不見他有什麼出息，仍窩在家裡給父母養，還批評林金德學歷低，也不想想是誰供他唸書的。

想到這裡，劉淑蓮不願再想下去了，否則一想到她生孩子時在娘家所受的嘲諷與刁難，真的會氣到吐血。

她降下車窗，啃著蘋果，凝視著老宅子不說話。

蘋果是她剛才路上買的，很神奇，在想起哥哥之前，她就買了這袋蘋果。

幾分鐘後，一個小孩子從前門跑了出來，捉著一架風車玩。她沒有很意外，她早就聽到嬉鬧聲，她望著那孩子，那孩子也望著她，然後就興沖沖的跑過來。

「姑姑！」孩子聰明的認出了她，跑到車邊大叫：「姑姑，妳怎麼來了？」

這是她大哥的兒子，也就是她的姪子。

劉淑蓮沒說話，只是啃著蘋果。

「姑姑？」小孩歪著頭，目光在她的臉和蘋果間游移。

「想吃嗎？」她拿著蘋果問。

「嗯嗯。」

「不給你。」

在小孩愣住之前，劉淑蓮又改口了，並笑出來：「開玩笑的啦，這整袋都給你，拿回去給爸爸，說是姑姑拿來的哦。」她將整袋蘋果都拎給了孩子。

誰都抓不住她那一剎那稍縱即逝的情緒，只有那一秒鐘想過報復的念頭，第二秒就莞爾覺得，多麼幼稚。

如果說這趟旅程在尋找夢想、尋找人生的意義，那她的夢想很簡單，就是告訴她的娘家人，她過得很好。

你說那不叫夢想嗎？對她而言，那就是了，即使她已經擁有，卻還想持續追求的東西，僅此罷了。比起林金德，她就是這麼簡單。

看了看娘家後，他們就離開了，連門都沒有進去。對劉淑蓮而言，她的根早已不在這裡，她的根在新竹，在林金德和林仲凱身上。

這時，銀行打電話來了。

兩隻手機本來都是關機的，放在行李箱內，但林金德忽然說還想去以前當兵的鳳山軍營看看，於是劉淑蓮將車停在路邊，到後座去翻手機，導航查詢。

她拿林金德的手機用，結果一開機，馬上就有人打電話過來。她見來電既不是兒子也不是媳婦，就自己接了起來。

「喂，您好，請問是林先生嗎？」對方說道：「我這邊是〇〇銀行信用卡服務部，有一筆交易要詢問您。」

劉淑蓮聽完心裡一震，怎麼會有銀行打電話來？怎麼了嗎？

她看了林金德一眼，將手機交給他，林金德也沒有頭緒，接起手機就回答了他的相關姓名資料，讓銀行人員確認。

「是這樣的，我們注意到您上週六有一筆八萬元的刷卡交易，請問是您本人刷的嗎？」對方問道。

哦，原來是生前契約的事，林金德點頭回答：「對，是我本人。」

「那就沒事了，但還是要提醒您，近期金融詐騙多，要多注意交易安全。」對方關心的說道，並接著問道：「請問您購買的是什麼商品呢？我這邊顯示的商家是『龍虎生命禮儀』，它向您販售的商品您都清楚嗎？」

林金德想回答清楚，但一旁的劉淑蓮早已聽不下去了，她嚴重懷疑丈夫被騙了，便搶下電話說道：「請問，要怎麼知道這個東西是不是詐騙？」

「您是林先生的哪位嗎？」對方問道。

「我是他太太。」

劉淑蓮抓著手機，將前因後果都交代一次，一面說還一面從後座將那份契約找出來，著急的將上頭的條文一股腦唸給銀行人員聽。

「究竟是不是詐騙，我們不在現場，也不清楚耶。」銀行人員打官腔的說道：「我們只是履行職責，這通電話主要是向您確認，刷卡是不是您本人交易的，建議您撥打165反詐騙專線，向警方諮詢。」

「那以你們的經驗，這合約是真的嗎？一個骨灰罈真的要那麼貴？」劉淑蓮不放棄的問道。

銀行人員想了一下，便決定基於私人關懷，稍微問一下：「請問您買的是骨灰罈還是靈骨塔？骨灰罈只是一個物品，不太可能值八萬元，靈骨塔的話應該有權狀，包括土地和建物的使用權。」

這話聽得林金德和劉淑蓮滿頭問號，根本就搞不懂，劉淑蓮趕緊抓著契約查看，看得眼花撩亂也找不到相關的訊息。

「好像叫做納骨塔位。」林金德說道，這是他唯一的理解：「應該跟妳說的一樣，有土地的權狀，因為那是在一個園區裡。」

「納骨塔位就是靈骨塔的意思哦。」銀行人員苦笑的說道：「如果連你們都搞不清楚，我們也提供不了協助，只能說，風險很高。一般靈骨塔的詐騙都是挑獨居老人下手，您們是夫妻，應該彼此都有看過合約，警覺心更高才對。」

劉淑蓮瞪了林金德一眼，是呀，要是她在場，才不會讓他簽這種沒頭沒腦的可疑契約！

「建議您還是撥打反詐騙專線諮詢，警方會提供專業的協助。」銀行人員最後說道，然後就掛斷了電話。

劉淑蓮和林金德在車內面面相覷，兩人都沒有想撥給警察的意思，他們才剛從派出所出來，實在是不想再回到那種地方。

林金德信誓旦旦的說絕不是詐騙，他相信鄭立德的為人，也就是賣契約給他的那個人，但劉淑蓮沒被說服，她覺得林金德太蠢了，林金德的判斷完全不可信。

她找到了契約上的電話，也就是「龍虎生命禮儀」的電話，當下便打過去，想問清楚。然而電話怎麼響都沒有人接，一通、兩通、三通，都沒撥成功，這讓她更加堅信林金德被騙了。

「別這樣，我這裡還有鄭立德和他學長的電話。」林金德說道，並拿出他用來記號碼的小冊子：「他們公司可能在忙。」

「忙到客戶的電話都不接嗎？」劉淑蓮反問，伸手就要拿過小冊子。

「不行啦，這我自己打。」林金德立刻將手縮回去，他可不想讓劉淑蓮和鄭立德通電話，怕毀了自己的形象。

「你要打？你打啊。」劉淑蓮將手機遞給他。

「……」

「你現在打。」

林金德不得已，只好拿著手機和小冊子，轉過身背對著劉淑蓮，開始撥打。

「問清楚啊，問有沒有土地和建物的權狀，還有使用年限是多少。」劉淑蓮在旁邊咄咄逼人的叮嚀，腦袋十分靈光：「剛才銀行小姐講的，每一項都跟他問。」

「知道了嘛。」林金德嘟噥道。

結果，鄭立德的電話也打不通，嘟嘟嘟嘟許久都沒人接，在劉淑蓮銳利的眼神下，林金德假裝撥通的喊了幾聲，然後又改打鄭立德學長的電話，但，還是沒人接。

林金德額角冒汗了，這一刻他開始懷疑，自己真的被騙了。

「怎麼樣？他說什麼？」劉淑蓮狐疑的問道。

「呃……」林金德不放棄的繼續撥打，卻不敢再假裝說話了，他心虛的望著劉淑蓮說道：「都沒有通欸。」

「沒有通？」劉淑蓮愣了一下，然後好像爆炸一樣，捏著林金德喊道：「全都沒有通嗎？我就說你被騙了，哎呀你這老瘋癲啊，真的被騙了呀！八萬塊錢呀！」

「妳別急好不好，說不定他們只是在忙。」林金德尋找著藉口。

「你還在自欺欺人，三支電話都在忙嗎？你怎麼這麼糊塗啊！」

「再打回去給那個銀行小姐嗎？」林金德想著辦法：「問她可不可以取消付款？」

「這種東西怎麼能取消付款，在你刷卡的那一刻，詐騙集團就拿到錢了，銀行只是先幫你代墊而已！」劉淑蓮罵道，著急的也開啟了她的手機，想找人求救：「吼，真是的，你還分期付款對不對？那個利率不知道多少。」

林金德不放棄，依然努力不懈的在撥電話，他不相信鄭立德會騙他。

「喂？喂？寶珠啊，妳公公過世的時候是不是有買那個什麼，生前契約啊？」劉淑蓮開始向朋友求助：「對啊，啊我問妳喔……」

東打西打，兩人講電話講了老半天，還是沒辦法，依然只能使出最後一招。

「還是打給警察吧。」劉淑蓮說道。

她撥了銀行所提供的165反詐騙專線，向警察求助，講了幾句，警察也沒有多囉嗦什麼，直接叫他們拿著契約到派出所去報案，並且提供了最近的派出所地址和電話。

「我們不能去做筆錄！」誰知林金德忽然反悔了。

「啊？」劉淑蓮愣住。

「妳先掛斷，掛斷！」林金德悄聲說，要劉淑蓮掛斷電話。

他不願再踏入派出所了，還是那個問題，若他們被提報失蹤，現在到警局去就是自投羅網。剛才他看了LINE的頁面，兒子和媳婦罕見的今天沒有傳任何訊息過來，也沒有打任何電話；要知道，昨天和前天他們可是瘋狂的在找他們。

林金德覺得事有蹊蹺，他敢斷定兒子已經報案了，正和警察一起撲天蓋地的尋找著他們。昨晚在花蓮過夜時沒被逮，那是他們幸運，今天的狀況已經不一樣了，他可不想冒險。

「為什麼不報案？你說清楚。」劉淑蓮問道。

林金德看著她，猶豫著該不該說出實情，不久前他是有感覺到劉淑蓮和他站在同一陣線，但現在他又不確定了，他實在禁不起被關在派出所，讓兒子來保釋帶回的窘境。

「我們不能再踏進派出所了，反正就是這樣。」林金德說道，想著要找什麼理由：「我受不了那種屈辱。」

「有什麼好屈辱的？」劉淑蓮不解的問道：「不去派出所你要怎麼報案？」

「就不報案了。」林金德目光飄移的說道：「或以後再報。」

「不報案你要怎麼把錢拿回來？你要認了是嗎？」劉淑蓮生氣了。

「現在還不確定被騙吧？總有其他辦法的，再等一下，說不定電話就打得通了。」林金德晃著他的小冊子說。

「現在還不確定被騙？」劉淑蓮又開始捏他：「林金德，我真不知道該怎麼說你啊！」

「好了啦，夠了可以嗎！」林金德推開她的手，發飆了：「就算真的被騙又怎樣？我甘願！」他拿起那張生前契約，擺在劉淑蓮面前，氣得大眼瞪小眼：「我就是要用這張八萬元的紙告訴你們，老子想做什麼就做什麼，不想再看任何人的狗屁臉色！」

劉淑蓮不可置信的盯著他看，嘴唇咬得都蒼白了。

那番粗魯的話迴盪在她耳裡，就像小孩子的無理取鬧，在地上打滾、毫不講理的那種。她第一次見到這樣的林金德，卻也彷彿，早就預見會有這樣的林金德，在她接管這台他撒手不管的車子的時候。

於是她發動引擎，放下排檔桿，出發。

「妳要去哪裡？」林金德立刻問道。

「去找寶珠，她剛好住高雄。」劉淑蓮提起了她剛才求助的閨密。

「找她做什麼？妳不會是要偷偷去派出所吧？先說，妳要是去我就……」

「不會去。」劉淑蓮打斷他說道，表情平靜：「就照你的意思，我們找別的方法。寶珠她公公生前也有買塔位，問問她就知道了。」

林金德不懂太太怎麼跟變了一個人似的，這麼快就順從他的意思，但他沒再多問什麼，只是閉上眼睛，隨手就把生前契約扔到後面。

他真的累了。

第八章　人家說英雄救美，這回卻是半路殺出個美人英雄

林金德昏昏沉沉的睡了過去，他知道劉淑蓮停了車，也聽到劉淑蓮問他要不要一起去找寶珠，他說不要，他搖頭，他不想下車。劉淑蓮又唸了他幾句，然後就將他放在車上走了，貌似後來還有回來一次，但林金德不知道，他一直閉著眼睛睡覺，不想管。

當他醒來時，已經傍晚了。

他坐在副駕駛座，劉淑蓮留著車鑰匙，將窗戶開了三分之一，涼風從外面吹進來很舒服。車子停在某個樹蔭下，附近很偏僻，沒什麼房子，有條大溝堤穿過田野，傳來淡淡的臭味。天色昏黃，不知名的飛鳥從空中掠過，傳來嘎嘎嘎的聲音。

但車內很安靜，連引擎彷彿都冷卻很久了，林金德靠在窗邊，知道時間已經過了好幾個小時。他不知道劉淑蓮去哪了，不知道寶珠的家在哪裡，是那個鐵皮屋嗎？還是更遠的那排農舍？

睡意消逝，他在車上等待著劉淑蓮，享受，並直面著隻身一人的寧靜、孤獨、無聊，更可以是清閒與自由自在，他胡思亂想的反省著一切，然後，還是等待。

又半個小時過去了，他沒等到劉淑蓮，不知道她去哪裡了。夕陽西下，路燈都亮起了，林金德開始坐不住，伸了伸胳膊便想下車去找人。

但這時，一輛計程車從堤溝外的大路駛進來，林金德盯著它看，抓著門把不放。計程車很平凡，卻吸引了他的注意，他總覺得劉淑蓮會從上頭走下來，他有這樣的預感。

奇妙的是，計程車繞了一圈後，真的停在他前面不遠處的路邊，接著，一個女人從後座走了下來。

林金德瞇起眼睛看仔細，那女人穿著裙子，長髮飄逸，腿腳纖細俐落，自然不是劉淑蓮，但卻越看越覺得熟悉，該不會——林金德愣住了，驚訝到腦袋一片空白。

她，怎麼會在這裡？

女人看了看周圍門牌後轉過身來，衝著林金德就是一笑，然後便朝他的車走過來。

「爸，找到你了。」她說。

竟是他的媳婦，郭娟妤。

※　※　※

郭娟妤莫名其妙的出現了，她站在林金德的車前，林金德還以為是在做夢，瞠目結舌，直到郭娟好敲敲車窗，他才確定眼前的人是真的。

「爸，是我。」郭娟妤說道，提了個小包包，並挽了一下頭髮。

「妳怎麼會在這裡？」林金德大驚，將身體挪後退。

「說來話長。」郭娟妤說道，並指著車內：「我可以進去嗎？」

林金德既不解又驚訝，郭娟妤等不到他的回答，便自行上了車，還是上駕駛座。她不像林仲凱和劉淑蓮一樣，經歷過「不准碰我的車！」的洗禮，見後座都被零食占滿，自然是上駕駛座。

「媽找我來的。」郭娟妤直截了當的說道，盯著林金德看：「她跟我說你們的地址，讓我來找你們。」

「阿蓮？」林金德越聽越糊塗：「那她去哪裡了？」

「在她朋友那裡吧。」

「不是啊，等等，她什麼時候講的？」林金德想了一下：「妳從新竹跑下來也要三、四個小時吧？」

「坐高鐵很快的，又搭了一下計程車，那不是重點，爸……」

「妳專程下來？」林金德打斷她：「妳不是要工作嗎？」

郭娟妤擺擺手，讓林金德別在意，她當然要工作囉，但她都推掉了，也向公司請假。林金德這幾天的行徑可是嚇壞她和林仲凱了，先是把哲哲載來，然後就和劉淑蓮搞失蹤，打電話也都不接。

直到昨晚，劉淑蓮才瞞著林金德，偷偷跟他們聯繫。劉淑蓮把林金德的情況大致告訴他們，當下郭娟好便決定要來找他們，她斷斷續續的和劉淑蓮通訊息，並在此刻找到了他們。

「媽很擔心你。」郭娟好說道，眉頭微微皺著：「擔心到，她已經不知道該怎麼面對你了。」

林金德不說話，腦袋還不識實務的在想別的事情：他想到，原來兒子媳婦今天沒再傳訊息，是因為他們已經知道兩老在哪裡了。而且，最後不遠千里來找他們的，不是親生兒子，竟是這個被他們嫌到臭頭的媳婦。

郭娟好都沒說呢，週六林金德貿然將哲哲丟給她，已經使得她那天要談的生意泡湯了，但她不打算提這個，事情過去就過去了。

「爸，見到你們沒事，真的太好了，我和仲凱擔心死了。」郭娟好說道，心中的大石頭稍微放下了，但接著又望著林金德問道：「現在媽不在，有什麼事情你可以告訴我。」

「啊？要告訴妳什麼？」林金德不解。

「我知道你和媽把我當外人，你不敢對媽和仲凱講的事情，現在對我說剛剛好，我保證不會講出去。」

「我沒有把妳當外人。」林金德十分尷尬，怎麼這媳婦說話這麼直接。

「那你就告訴我沒關係，你到底怎麼了，爸？」郭娟妤嚴肅的說道。

劉淑蓮在電話裡毫無保留的將事情都告訴了兒子媳婦，她說林金德不想再帶孫子、說林金德厭倦生活；也說林金德買了一份生前契約、懷裡還拽了別人的訃聞當寶貝；她說林金德超速被警察抓了，兩個人被逮到警局去。

講到激動處她還落淚，在兒子面前她總是堅強的，媳婦更不例外，但現在她已經走投無路了，她不知道該怎麼辦了。

「爸，你老實說，你是不是生病了？」郭娟妤將劉淑蓮的疑慮問出來：「是不是去醫院檢查那次，醫生說了什麼？」

「會說什麼？」林金德沒聽懂。

「就……」郭娟妤猶豫了一下：「是不是有照出腫瘤，或者癌症之類的。」

林金德忽然間明白了，莞爾道：「她想到那裡去？並沒有！我沒事，健康得很，除了原本就有的那些病。」

「咦？是這樣嗎？」郭娟妤顯得有些訝異，在電話裡她還以為公公是真的得了絕症，剩無多少時日了呢：「那你為什麼這樣呢？媽很擔心耶！」

「她要擔心什麼？她想多了！」林金德說道，終究還是沒人理解他的心情：「我只是煩了，想出來透透氣。」

「你知道嗎，媽下午打電話叫我來的時候，是叫我照顧你這整個晚上。」郭娟妤說道：「她說你睡在車上，她看到你的樣子，她沒辦法繼續待在你身邊。」

「為什麼？那她要去哪裡？」

「她要去找她朋友，好像叫什麼寶珠姨的。」郭娟妤嘆口氣回答：「她可能是承受不住，所以叫我來照顧你，順便問清楚真相，她讓我陪你走完接下來的環島，她會自己回新竹。」

林金德轉頭，果然見劉淑蓮將她的行李和錢包都拿走了。

「現在你沒事，沒生病，那就好啦。」郭娟妤樂觀的說道：「所以爸你是為什麼生氣？你想出國，怪我和仲凱破壞你的計畫嗎？」

嘖，林金德嘴角抽搐，這媳婦說話有夠直接的，是要他怎麼回答？

「那哲哲現在誰帶？」他選擇不回答，岔開話題的問道。

「請保母了。」郭娟妤說道：「爸你到底為什麼生氣啊？」

「我沒有生氣。」林金德平靜的回答，再次岔開話題問道：「仲凱呢？怎麼沒跟妳一起下來？」

「他在忙，他的工作沒辦法拋開。」郭娟妤說，接著又補充一句：「但他也很擔心你，所以爸，你有什麼心事要對我說嗎？」

她不再問他是不是生氣了，但就是非得問出個所以然來。林金德望著她那雙關心又帶著好奇的眼睛，實在有點哭笑不得，想起她那句「把我當外人」，剎那間竟有些道理，在她面前確實更容易吐露自己的心情，比起對林仲凱和劉淑蓮的包袱累累，他和郭娟妤可以更像那種沒有拘束的朋友。

「妳會開車吧？」林金德問道。

「當然會。」郭娟妤說。

「那走吧，我們去找間餐廳吃飯，也到晚餐時間了。」

「就我們兩個？」郭娟妤有些訝異。

「當然就我們兩個，不然還有誰？妳不是說阿蓮去找她朋友哭訴了嗎？」

「哈哈哈，爸，我哪有那樣說！」

林金德朝前方使了個眼色，示意出發。

他的心裡興起一股莫名的愉悅，和先前的抽煙喝酒飆車，強作的快樂不同，那是一種久違、發自心底的輕鬆自在。

林金德給郭娟妤指路，帶著她到一家小吃店去吃飯。高雄的路他不熟，但開到大條路後，基本的脈絡方向他還是記得的，當年追劉淑蓮的時候，他可沒少跑這裡。

這店是劉淑蓮很喜歡的牛肉麵店，號稱四十年老店，裝潢改了好幾次，但味道依舊。林金德和郭娟妤點了兩碗，劉淑蓮不敢帶林金德來的熟悉的店，林金德卻帶著媳婦自己來了。

「哎，他們還有賣牛肉捲餅哦？」郭娟妤看了一下菜單，問道。

「有。」林金德點頭。

「看起來好像很好吃，你要吃嗎，爸？」

「妳吃就好。」

郭娟妤立刻跑去前台，多點了一塊牛肉捲餅，她看著攤上的其他食物，沒有要罷休的意思，指著配料問道：「這個是蔥油餅嗎？你們還有賣蔥油餅喔？」

「對。」老闆回答。

「那我要一份蔥油餅。」郭娟妤興沖沖的說道，並看看架上還有什麼：「加一顆荷包蛋，一份生菜還有培根，肉鬆也加一點，還有香腸幫我切片加進去，香菜也要。」

老闆停下手中的動作，深深的看了她一眼說道：「小姐，這只是一塊蔥油餅，妳還是放過它吧。」

林金德看著他們的互動，差點摔倒。

「那妳牛肉捲餅還要嗎？」老闆再問道。

「要。」

「妳吃得完喔？」

「可以。」

郭娟好拿出錢包，先把帳結了，然後愉悅的回到座位。

「妳還有一個麵呢，妳真的吃的完？」林金德問道，哭笑不得。

「可以的，爸，你是在懷疑我嗎？」

「哎，哈哈哈，好吧。」以往會讓林金德丟臉的事，今天他卻只覺得有趣。

他這媳婦和一般女人很不一樣，很跳脫框架，不僅愛打麻將，食量還很大。猶記去年中秋節，他和劉淑蓮去兒子的社區一起參加烤肉晚會，郭娟好就抱著哲哲在凳子上吃得大快朵頤，自己吃一塊也塞給哲哲一塊，沒在管外人的眼光。

「哎，爸你怎麼這樣說？我不是食量大，只是對吃的講究。」郭娟好替自己辯解道，並對端上來的牛肉麵添加酸菜，然後遞給林金德：「你要嗎？」

「我不用。」林金德笑道：「仲凱還跟我講過一件事，我不信。他說妳幫哲哲泡奶粉的時候會試溫度，嚐著嚐著覺得味道還不錯，居然自己喝完了，這是真的？」

「哎，爸……」郭娟好有些難為情：「你別聽仲凱亂講，那也才一次而已。」

「所以是真的？」林金德笑得眼角都皺起來：「妳怎麼都沒有一點良家婦女的樣子啊？」

「為什麼要有良家婦女的樣子？誰規定的？」郭娟好反問，抽了幾張面紙擦擦汗：「為自己活最重要。哎呀這辣椒加太多了。」

為自己活，這幾個字聽在林金德耳裡是多麼的有重量呢，他這一路以來所苦苦追尋的東西，卻從媳婦的嘴裡、從她的行為裡，輕描淡寫的被說出來了。

林金德忽然發現，郭娟好是盞明燈，他和劉淑蓮以往所看不慣的，那些媳婦白目的行為，此刻卻成了一幅能找到答案的地圖。

「妳活得很快樂吧？」林金德感慨的說道：「妳有愛妳的老公和乖巧的孩子，工作順遂、經濟寬裕，想吃什麼就吃什麼。」

「怎麼講這個呢？」郭娟好回答，並敏銳的察覺到林金德的心情，便模仿林金德的說詞：「爸你也過得不錯呀？有愛你的老婆和孝順的孩子，不必工作、經濟寬裕，想吃什麼也可以吃什麼，只是要注意糖尿病，爸你過得比我還好欸？」

「呵呵呵，是嗎？」林金德笑道，被郭娟好說得腦袋竟有些打結，無法反駁。是呀，他過得好像沒有郭娟好差，那他究竟是覺得少了什麼？

「活在當下最重要，珍惜眼前的事物。」郭娟好一本正經的說起教科書般的勵志詞，然後講不下去的揮揮手：「哈，總之，爸你有什麼煩惱儘管說出來，我們年輕人心情不好就是這樣，找朋友打打屁、唱唱歌，發洩一下就沒事了。」

「我也不曉得自己在糾結什麼。」林金德交握雙手，認真的思考著：「坦白講，這次出國被取消，我一開始也沒覺得怎樣，但鄰居跟我講了一堆話後，我就渾身不對勁了。」他將與老許發生的事一五一十都講出來。

聽完後，郭娟妤思索著說道：「爸，以後你和媽就不用帶哲哲了，我們請保母了。」

「其實我們也不是嫌棄哲哲怎樣……」林金德趕緊說。

「我知道。」郭娟妤扶住他的手：「我和仲凱討論過了，真的你們這樣太累了，你年紀也大了，該休息了。」

曾經希望聽到的話，此刻傳進林金德耳裡，卻沒有預想中那麼高興，反而多了份空虛。林金德不懂為什麼會這樣，他盯著郭娟妤看，心情複雜的嘆了口氣。

牛肉捲餅和蔥油餅上來了，郭娟妤用叉子將它們切成兩份，一半推給了林金德，也不管他是否吃得下，就讓他嚐嚐。

「人生沒有很長，這一秒想做什麼就做什麼吧。」郭娟妤咬了一口捲餅說道，臉上洋溢著享受的笑容：「哦，還不錯欸，比『德記』還好吃耶！（知名牛肉捲餅店）」

她接著說道：「你看，現在的年輕人低薪，每個月不到三萬塊，還不是會去吃一餐六、七百塊的火鍋。」

講到這個話題，林金德頓時有話要說了：「對呀，我和阿蓮都想不懂欸，年輕人還會去買一雙好幾千的鞋子、喝一杯好幾百的飲料，搞得跟月光族一樣，怎麼會這樣？現在的社會怎麼了？」

「沒怎麼了，也不要說社會病了。」郭娟好回答：「只是現在的人懂得如何享受生活，與其把錢去放在一個看不到、買不起的房子、車子，不如花在當下。」

「這不是很沒有遠見嗎？難道都不為了自己的未來著想嗎？把錢都花光，以後老了怎麼辦呢？」

「我沒有說月光族是對的，但你要知道這是我們社會的低新和高房價造成的，既然不管怎樣都買不起房子，那麼總不能連自己的生活動力都失去了。」郭娟好回答：「我就有個朋友，他不管手頭再拮据，每個月仍固定會看幾場電影，犒賞自己工作的辛勞。」

郭娟好所描述的，完全是林金德那個年代的相反，當時的大部分人都努力工作、減少支出，他們沒有什麼慾望，只知道要為了孩子、為了家庭、為了房貸而打拚奮鬥；但現在的年輕人卻反過來了，他們沒有責任感、沒有對未來的準備與張羅、沒有孩子，甚至不打算結婚，只是沉浸在一杯飲料的小確幸中，這怎麼得了？

「欸，爸，話不是這樣說的喔。」郭娟好放下筷子，很慎重的與林金德討論起這個問題：「難道一定要結婚、生子買房子，才算是有意義的人生嗎？你活著，難道沒有比這些更重要的事情嗎？人生是自己的，沒人能幫你定義什麼叫成功，你過得幸福才是最重要的。」

「沒結婚沒孩子沒房子？難道這就是幸福？」林金德反問。

「有了就一定會幸福嗎？爸，你幸福嗎？」郭娟妤問道：「你這趟環島在找什麼？」

這話猶如當頭棒喝，說得林金德瞬間沉默。

「你講的那些，都不是衡量幸福的標準，你覺得一餐一百塊是幸福，因為朋友都陪在身邊講屁話；有的人卻一餐吃兩千還不幸福，因為豪宅裡面空蕩蕩的只有他一個人。」郭娟妤說道：「自己的人生，自己來定義，覺得什麼有意思就去做，那可比買房子有趣多了。」

這話說得林金德啞口無言，他知道這些道理，卻頭一次被人這麼清楚的搗碎剖析。他和劉淑蓮這一輩子相忍為家，也不見得有劉淑蓮那無所事事的大哥活得快樂，那麼他們究竟是圖什麼呢？

當然這也不是說人生從此不奮鬥了，有錢才過上更好的生活，這是郭娟妤沒補充的話，現在的人之所以會為了一杯飲料小確幸，那是在低薪社會下心裡平衡後的結果。如果多有錢了，當然會有別的打算，像林仲凱和郭娟妤也是買了房子，卻不是為了買房子而買房子，心態不一樣。

「反正呢，哲哲請保母了。」郭娟妤吃著捲餅說道：「爸，以後你可以多帶媽去玩，然後啊，等哲哲大一點也可以把他帶上，我們夫妻太忙，都沒時間帶他出去走走，很可憐。」

她滔滔不絕的說著，從來不覺得兩老帶不帶孩子、請不請保母是多大的問題。但林金德的世界已經不一樣了，經歷這番對話，他才知道年輕人竟然可以這樣想、可以豁達到這種地步，他忽然發現，世界好寬，那些包袱根本不存在，都是自己給自己加上的。

「對了，媽說你買了份生前契約，真的嗎？」郭娟妤忽然想到這件事。

「真的，有買。」林金德回答，等待著郭娟妤的反應。

「你買那個做什麼？誰推銷給你的啊？」郭娟妤問道：「媽就是因為你買那個，才以為你生病的欸，爸。」

「早點規劃好比較省錢，才不會到時被人當肥羊宰。」事到如今林金德也不曉得要怎麼跟她講，只好拿出鄭立德講過的說詞：「而且還可以投資，不會虧。」

「投資？」郭娟妤狐疑的說道：「可以讓我看一下合約嗎，爸？媽說你被騙了欸。」

「嗯，我也不知道……」林金德心虛的說。

於是兩人將剩下的東西吃完，就回到車上看納骨塔位的契約。林金德將車上的燈都打開，讓郭娟妤好仔細研究。

「就只有這樣嗎？」郭娟妤問道，將那疊紙翻了翻：「裡面只有前面幾張是合約，後面的都是沒有用的照片和說明書呀？」

「妳還要什麼？」林金德問道。

「你並沒有拿到權狀呀。」郭娟妤拿著紙說道，她對這部分還是有點概念的：「塔位最重要的就是權狀，包括它的位置是在幾樓，還有持分（土地持有百分比）多少，使用權多久，都沒有呀。」

「妳怎麼這麼了解啊？」林金德訝異的問道，銀行小姐提過的點，似乎都被郭娟妤說出來了。

「我做麻將生意多少會碰到賭場的道上兄弟，他們都是專門賣塔位的，或者『騙』塔位。」郭娟妤坦承說道：「爸，如果你只有這張紙，那你十之八九被騙了。」

「那張就是契約啊，還有對方公司的印章呢！」林金德不了解：「契約裡面規定的事情，他們不履行，不怕被告嗎？」

「如果他公司解散，負責人又是個人頭，你要告誰呀？」郭娟妤又看了一下合約上的業主名稱，龍虎什麼什麼的，不禁會心一笑：「爸，你真的被騙了，這個一看就是假的，不可能有人拿著事先印好的合約在淡水老街兜售，你不過只是簽了一張紙，對方就把你的八萬元拿走了，你什麼都沒有。」

「咦，這……」

林金德面色鐵青，拿著合約顫抖，劉淑蓮說他被騙時，他還不願意相信，但從相對客觀的媳婦口中說出來，他不信也得信了，這下真的被騙了！

但，鄭立德為什麼要騙他？他和他無冤無仇，為何要這樣對待他？

「這世界上什麼人都有，跟你再親的人也有可能害你，遑論這個你才認識一天的人？」郭娟妤說道，並不願意多談論鄭立德，沒什麼意義。

「那現在該怎麼辦？報警嗎？」林金德說道，此刻也不避諱再去警察局了。

郭娟妤眉頭深鎖，憂心忡忡，她知道這種「靈骨塔詐騙」報警沒有用，白紙黑字簽過的東西，即使上法院也告不贏對方。詐騙集團很高明，專挑老人下手，他們將這種東西設計得像民事契約，鄭立德或他的學長只是業務人員，不必負擔任何法律責任。

「爸，我要坦白講，你報警也沒有用，錢恐怕拿不回來了。」郭娟妤嚴肅的說道，絞盡腦汁的思考著辦法：「我聽過的案例，去法院告沒一個告得贏的，所以騙子才這麼猖獗。」

「報警也沒有用？」林金德被這件事嚇到了：「為什麼？警察不處理詐騙嗎？」

「這是不是詐騙，還要由法官說了算。」郭娟妤解釋道：「你既然簽了合約，當下意識清楚，就代表是你情我願。」

「那要怎麼辦啊？」林金德急了，那八萬元可是一筆大錢呀，他現在已經沒心思搞亂花錢任性那套了，錢既然是被騙的，就得要回來才行。

他忽然靈機一動：「對了，阿蓮不是去找寶珠幫忙嗎？她們那邊說不定有什麼對策。」

「是嗎？」郭娟妤對此表示懷疑，她不認為會有什麼方法：「那你要趕快打給媽嗎？既然你沒生病，媽也沒什麼好顧慮了吧，一家人趕快會合。」

林金德當下就拿起電話，撥給劉淑蓮，但電話轉入語音信箱，她貌似關機了。

「唉，打不通，怎麼這樣。」林金德懊惱的說道，有些後悔，莫不是他都叫劉淑蓮手機關機，才導致現在打不通。

「有寶珠姨的電話嗎？打給她試試看。」郭娟妤幫忙出主意。

林金德趕緊去翻他的小冊子，謝天謝地，還真的翻到了寶珠的電話號碼。電話有通，寶珠接了起來，但卻說劉淑蓮不在她那裡。劉淑蓮早早就走了，她來只稍微問了一下納骨塔位的事情，問不到她想要的答案，很失望的就走了，兩人甚至還聊不到一個小時。

這讓林金德瞬間就炸了，那劉淑蓮跑去哪了？現在已經晚上七點多了，這中間三、四個小時的時間，劉淑蓮都去哪了？

「爸，你別緊張，媽可能只是去找個地方休息。」郭娟妤安撫道：「她沒回車上找你只是暫時想休息，所以她才叫我來。」

「那換妳打給她看看呀。」林金德說道，又撥了通電話給劉淑蓮：「line她會接嗎？」

郭娟妤照作，用其他軟體打給劉淑蓮，並一面問道：「媽會不會回娘家了？剛好在高雄……」

「不會。」林金德回想起他們在娘家外徘徊的情景，篤定的搖頭。

「那也可能自己找旅館休息了吧？」郭娟妤說道：「她叫我來，就是放心把你交給我了，她或許想一個人靜一靜。」

林金德嘶著嘴，覺得事情並沒有這麼簡單，他的眼皮一直在跳，彷彿有不好的事情要發生了，這或許是夫妻之間的心電感應，在他聽到寶珠說劉淑蓮早早離開時，他的整顆心都不對勁了。

他再次打了通電話給寶珠，這次得到了線索。

「哎呀，對啦，她走之前說她要去找那間禮儀公司理論，看能不能解約。」寶珠提起這件事：「很氣捏。」

「去找那間禮儀公司？」林金德和郭娟妤聽了都是一愣。

「對啊，好像在苓雅（高雄某行政區）。」寶珠回答。

林金德立刻拿起契約查看，果然在最下面找到了「龍虎生命禮儀」的地址，還真的剛好是在高雄，而且契約的正本被劉淑蓮拿走了，只剩副本。

「她還有說什麼嗎？」林金德趕緊再問。

「沒有了捏，她跟我借了一下廁所就走了。」寶珠想著細節說道：「啊你們真的在環島唷？」

林金德寒暄幾句後就直接掛斷，不想多費言，他和郭娟妤雙雙對望，兩人都面色凝重，郭娟妤更是一副大事不妙的表情。

「慘了。」郭娟妤說道。

劉淑蓮不曉得這些賣靈骨塔的人都是黑道、不知道對方的厲害，才敢這樣貿然前往；她還以為對方真的是一間公司，想著要去和對方打交道，簡直是羊入虎口！

「媽有危險了，她不知道那些人都是牛鬼蛇神嗎？公司是在苓雅哪裡？我們趕快去！」郭娟妤說道。

林金德放下排檔桿，事不宜遲，馬上驅車上路。

他渾渾噩噩了一整天，此刻腦袋才清醒過來，一點雜念都沒有。

他要去救他的太太。

第九章　以一擋百，各位大哥我得罪了，但這八萬元我要拿走

林金德在公路上直飆，半個小時後，終於到達了契約上的地址，位在苓雅區的「龍虎生命禮儀」公司。

眼前是一大片密密麻麻的舊公寓，沒有電梯的那種，家家戶戶緊鄰著，樓梯錯綜複雜，忽上忽下連著四通八達的迴廊，但空間卻骯髒狹小，堆滿垃圾及雜物；偶有巷子隔開房樓，讓人以為能喘口氣，進去卻出現更多的階梯、柵欄及後門，宛如迷宮一樣。

林金德瞇眼看著契約上的地址，再對照牆上亂七八糟的門牌，怎麼也找不到那間公司。這裡看起來就不像是正常公司會設立的地方，抬頭看連天空都被突出的屋簷及違章建築占滿，他越想越急，擔憂著劉淑蓮的安危，索性就把契約遞給郭娟好了。

「爸，你別急，我問一下。」郭娟好說道，冷靜的退出巷子，站在街角觀察四面八方。

紅綠燈下有一間便利商店，但郭娟好覺得店員也不會知道什麼「龍虎生命禮儀」，問也沒用。她重新對照門牌，一籌莫展之際，從對面巷子忽然走出幾個醉漢。

「嘿，大哥。」郭娟好不畏懼的朝他們招手：「請問你們知道這附近有一家葬儀社嗎？」

三名醉漢用調戲的目光打量她的小腿一眼，吊兒郎當的走過來。

郭娟好微笑，站到路燈最亮的地方，並將林金德喊過來陪她，然後再次問道：「能幫忙的話，我就請你們喝酒。」

郭娟好身旁站著林金德，三名醉漢原本自討沒趣的要走，但聽見有酒喝，便又興致高昂的走來。

「龍虎生命禮儀」，郭娟好說了幾次他們才聽懂，他們指著某條巷子，給郭娟好報路，然後接下一百塊的酒錢，樂得咯咯笑，彷彿占了大便宜。

「爸，走吧。」郭娟好說道，帶著林金德往巷子內走。

林金德不太放心，怕被暗算了：「看那些人笑得那麼詭異，妳確定他們不會亂報？」

「會在這裡流連的本來就不是善類，但不至於亂報啦。」郭娟好望著巷子內說道：「好像有聽到聲音了，前面應該有大房子。」

「要不要撿根棍子防衛呀？」

「不需要，台灣的治安還沒差到那種地步。」郭娟好回答：「就怕媽在人家那裡亂嗆聲，得罪了什麼大哥大姊。」

郭娟好經營麻將生意，時常在黑道的地下賭場走跳，什麼場面都見過，不只賣麻將設備，連德州撲克桌、拉霸機、俄羅斯輪盤，什麼合法非法的東西都有涉獵。

林金德望著郭娟妤的背影，忽然覺得好有安全感。他的心情十分複雜，平時嫌得沒半點好的媳婦，此刻卻成了唯一能救劉淑蓮的人，沒了她，林金德真不知要怎麼辦；這媳婦和電視上那種懦弱只靠老公的女人完全不一樣，不僅獨立勇敢，連腦袋都很有自己的想法。

他總說她不是良家婦女，現在，竟該慶幸她不是良家婦女嗎？

「爸，前面就是了。」郭娟妤忽然說道，將林金德從思緒中拉回來：「你再打一次媽的電話看看。」

前面出現了一戶打通兩棟的人家，鐵紗門向左右兩側敞開，從路上就能直望主廳內的神桌。大神桌擺著一尊關公，案上水果香燭琳琅滿目，玄關兩側還安著大葫蘆和招財紫砂礦，郭娟妤一望就知道是江湖人士的作風。

「打擾了。」郭娟妤帶著林金德在門口問候。

門沒關，向神桌旁的屏風左側望去，那裡才是客廳。客廳擺著一張矮茶桌，有個中年男子邊抽煙邊看電視，光著腳抖動，渾身上下都是刺青，一副凶神惡煞的樣子。

在茶桌後方吊著塊大匾額，大大方方的落款「龍虎生命禮儀」六個字。

「這算哪門子的公司啊？」林金德看得臉都綠了，真不敢相信自己和這種公司簽約了。

「找誰？」刺青男子望著他們喊了一句，用臺語。

「拍謝喔，請問一下，有沒有一個五、六十歲的女人來這邊問事情呀？」郭娟妤冷靜的問道：

「大概下午的事而已。」

刺青男子不說話了，盯著他們看，直到郭娟妤又喊了一句，他才說道：「原來是你們的家的，趕快帶回去不要在這裡下夕下景（丟臉）。」

言下之意，劉淑蓮真的在這裡，郭娟妤和林金德都鬆了一口氣，憑著這麼一點線索，竟這麼快就找到劉淑蓮了，真是老天保佑。

但他們也不敢放下戒心，對方說劉淑蓮在這裡，這偌大的神明廳和客廳，卻只見他一個人影。

「請問我媽在哪裡？」郭娟妤再次問道，不敢踏入室內。

刺青男子低頭滑手機，愛搭不理的，見郭娟妤和林金德都不走，才懶懶的比了一下旁邊的走廊，示意他們要找的人在裡面。

「那我們可以進去嗎？」郭娟妤禮貌的問道，得到對方的允諾，便趕緊脫鞋，拉著林金德進屋：「打擾了。」

這屋子裡煙香環繞，郭娟妤和林金德繞過神明廳，到刺青男子面前稍微問候一下，接著就自行踏入走廊，彷彿這裡是個公眾場所似的。

走廊盡頭有道樓梯向下，人聲逐漸吵雜起來，牆上掛著一些粉飾太平的字畫，也掩蓋不住那「不良場所」的氣氛。林金德跟著郭娟好走，不自覺出了滿身汗，這哪是什麼公司，這就是所謂的「堂口」吧？

地下一樓，視野豁然開朗，映入眼簾的一大組豪氣的沙發，至少可以坐上二十個人，還有卡拉OK設備及投影布幕；牆邊則有兩個撞球桌、冷藏酒櫃，以及射飛鏢的盤子，看似什麼俱樂部，卻只是前廳而已，後方還別有玄虛。

沙發上坐著三個黑衣人保安在喝酒抽菸，一見林金德和郭娟好這兩個不速之客到來，便問道：「找誰？」

「樓上的大哥說我媽在這裡，我來把她帶回去。」郭娟好誠實的說道。

「呵呵呵，她是你媽啊？」三個男人笑了出來。

聽到這裡林金德胃都縮起來，祈禱劉淑蓮沒出什麼事，但三個男人只是讓他們趕緊將親人帶回去，別來鬧事，語氣還很嫌棄，與樓上的刺青男子是一個口吻。

郭娟好趕緊再帶著林金德走向旁邊的帷幕，前往更深處，但這一撥開門簾，兩人都愣住了。裡頭麻將聲霹靂啪啦大作，十餘張賭桌散列在前，賭客來來往往，好不熱鬧，不僅有酒茶小姐端盤，連按摩及洗頭的服務都有，儼然是座地下大賭場。

「這是怎樣啊？」林金德傻眼。

郭娟妤見怪不怪，黑道經營賭場是常有的事，但看這派頭不小，「龍虎生命禮儀」應該是地方上的大角頭。

賭場的後門連著餐廳那邊有座吧台，吧台邊坐著一個熟悉的身影，不是誰，正是劉淑蓮。

「媽！」郭娟妤揮手叫道，驚喜的趕緊拉著林金德過去：「媽在那裡！」

賭場內太吵雜了，劉淑蓮沒聽見他們的聲音，她正在忙不迭的對著酒茶小姐碎碎唸，說她們穿得太少了，會感冒；偶爾還去騷擾其他賭客，讓他們別賭了，趕緊回家看老婆，這都幾點了還不回家。

林金德和郭娟妤見劉淑蓮沒事，心中的大石頭終於放下了，不過他們也很疑惑，劉淑蓮一個人坐在那裡幹啥呢？如果是來理論生前契約的，怎麼會跑到賭場裡頭都沒人管？

「媽！」郭娟妤喊道，朝劉淑蓮的背就是一拍。

劉淑蓮嚇了一跳，轉過頭見到他們，先是愣住，然後驚訝。

「哎，你們怎麼會在這裡？」她站起來問道，並見到了後面的林金德：「你也在這裡？」

「妳幹什麼啊，怎麼說失蹤就失蹤？」林金德埋怨的說道：「還一個人跑來這種地方，危不危險啊？」

「還不是因為你被詐騙！」劉淑蓮一說起這件事就來氣：「你在車上睡得挺爽的啊？我為了你的

事到處煩惱，都沒敢跟寶珠說我們是被騙，就你當沒事一樣！」

「好啦好啦，媽，息怒息怒。」郭娟好緩頰說道：「結果妳問得怎麼樣？有找到龍虎公司的人嗎？怎麼會跑到這下面來？」

劉淑蓮眉頭一皺，說來話長。

她從寶珠家離開後，想想很不甘心，便照著合約上的地址找到這個地方來。她要龍虎公司的人退費，對方當然不肯，說沒兩句就將她趕出去，於是她在鄰里間徘徊，吵著要絕食抗議、要叫警察，沒把錢拿回來誓不罷休。

對方不堪其擾，只好又放她進門，並將她趕到地下室的賭場，在這裡她怎麼叫囂都沒用。他們以為她自討沒趣就會自己離開，誰知她一坐就坐到晚上，逢人便說自己被騙，叫苦連天，大夥兒都無可奈何，也不可能對一個老婦人動粗，只好就任她賴著不走。

「我跟你們講，我就在這裡坐到明天！」劉淑蓮對著前面某個賭桌嚷道，有個光頭男子顯然是現場的負責人，正翹著腿嚼檳榔看撲克牌：「你們不要以為我老實人好欺負，那八萬多塊也是辛苦錢欸！」

光頭男不理她，身邊其他小混混也不理她，決定將她當透明人，只有放林金德和郭娟好進來的那三個保安在入口頻頻張望，朝郭娟好使了個犀利的眼色，讓她趕緊把人帶走。

「媽，妳說到報警，結果妳有報嗎？」郭娟妤問道，很好奇黑道們的反應：「這裡是非法賭場，假如警察來，全部都要被抄了。」

「我手機沒電了，關機。」劉淑蓮無奈的攤手說道：「而且他們也不怕報警，他們說警察那裡都疏通好了，只要有什麼風聲，全部的人都會先從後門溜走。」劉淑蓮指著廚房旁邊的一扇小門說，越想越氣：「他們還警告我勒，說我用哪隻手報，就要剁掉我哪隻手，妳說哪有人這樣講話的？我不是被嚇大的！」

「呃，媽，這些人可都是真正的黑道……」郭娟妤汗顏的說道，被劉淑蓮的漫不經心給嚇出一身冷汗：「不要和他們硬來是對的，先別想報警了，我想問，妳是怎麼和他們說的？妳有拿契約給他們看？」

「有啊。」劉淑蓮從包包裡掏出那份對折的契約：「『龍虎生命禮儀』，明明就是他們這家，還不認帳！」

郭娟妤接過那份契約正本，決定自己試一試，她望著前面賭桌的光頭男子，可沒那麼貿然，敢直接去找他，她走向門口，還是決定向放他們進來的三名保安問問。

「你們也是這公司的一員嗎？」郭娟妤問道，試探性的拿著合約晃晃：「我該找誰問這塔位的問題？問完了我們就走。」

三人鄙視的看了她手上的紙一眼，不理她。

郭娟好又問了幾次，有點沒耐性了，她環顧四周，豁出去的說道：「你們設計這種騙老人的東西，難道不怕報應嗎？」

她這一番話立刻引來眾人的注目，打牌的還是繼續打牌，但光頭男子已經注意到了她，對著手下竊竊私語。

「喂，我是讓妳來把妳媽帶回去的，不是讓妳一起亂的。」三名保安急了。

「那你說清楚，這合約的事我該找誰？」郭娟好問道。

「妳就別想退費了，那是不可能的。」此時，光頭男人邊一個手下走過來說道。

「你是？」郭娟好禮貌性的朝他點了個頭。

「我能回答妳關於塔位的問道。」對方說道，兩隻手插口袋，一副輕佻的樣子。

「那好，只要是商品都有七天鑑賞期，期間都能反悔退費。」郭娟好看著他說道：「我現在就要退費。」

「唉唷。」對方挑眉說道，發現這女人還挺有兩下子的，便說道：「那妳看看契約上面怎麼寫的吧，你們已經主動放棄七天鑑賞期了。」

郭娟好愣了一下，立刻低頭查看，還真是如此，林金德已經簽字，放棄了退費的權力。她不禁氣憤對方的奸詐：「你們耍這種伎倆，不怕我們告上法院嗎？」

「去告啊。」男子冷笑的說道：「我們又不是第一次碰到。」

「當初你們的人是怎麼跟我爸說的？說能代售塔位，說能投資，說不會虧本，現在呢？我連要退費都不行。」郭娟妤瞪著對方說道：「那好啊，我現在要轉讓這個塔位，你們當初不是說能幫忙賣給別人嗎？我現在就要賣。」

「現在沒辦法欸。」對方痞痞的說道，想擺爛：「但如果有找到合適的買家，會通知你們啃。」

「你……」郭娟妤抓著合約，又想到一招，便撒謊道：「你們當初和我爸說的，我爸都有錄音，真的以為我們告不贏嗎？」

「錄音又怎麼樣？一切以合約為準。」對方笑著回答，見招拆招：「我們業務員怎麼講，那都是他的話術，本公司不清楚，他要說買一送十，那也是他的自由，跟我們無關。」

「業務員是你們公司的人，怎麼會跟你們無關？」

「他有出示工作證嗎？你確定他是我們公司的人？唉，說不定他是仗著我們公司名義在那裡亂騙人呢。」對方無辜的說道，並瞄了契約一眼：「再說上面也沒有他的名字，我怎麼知道你們是跟誰簽的約？」

「你……」郭娟妤完全傻眼，頭一次見到有這麼厚顏無恥的狀況：「那我就去告那個業務員！」

「就去告囉，我也挺期待官司的結果呢，不管妳告不告，本公司的員工名單都沒有這號人物的。」對方直接使出大絕，還故意裝傻：「啊，妳說他叫什麼名字？連聽都沒聽過呢。」

郭娟妤捏著合約，澈底放棄了，她終於意識到這是一場完美圈套，在林金德簽字的那一瞬間他們就註定被騙走八萬元了，神仙下凡也沒用，對方是最專業的那種騙子。

於是郭娟妤回到林金德和劉淑蓮所在的吧台，喪氣的說道：「爸、媽，我們走吧，這個退不了錢的，就當作被騙，學了一課吧。」

「啥？」劉淑蓮不樂意，而林金德也不相信，那麼萬能的媳婦竟然認輸了。

「妳怎麼問的？」林金德好奇的問道。

「各種方法都問了。」郭娟妤不願提到細節：「反正他們這個契約是沒有瑕疵的，你上法庭也沒用。」

「哎，怎麼這樣啊……」劉淑蓮十分氣餒，然後將矛頭指向林金德：「還不都是你害的！都是你，今天才會變成這樣！」

「媽，事情既然都發生了，再後悔也沒用啦。」郭娟妤勸道：「該慶幸爸沒有被騙更多錢，我們就回去吧，別再待在這個烏煙瘴氣的地方了。」

「回去？我才不走。」劉淑蓮實在太不甘心了：「他們不退錢我就不走！」

「別這樣，阿蓮。」林金德也出言勸道：「連娟妤都沒辦法，就真的沒辦法了，繼續待著也沒用啊？」

「你別跟我說話！」劉淑蓮一肚子火，伸手就捏了林金德一把。

「唉唷，那妳打算待到什麼時候啊？這都已經快十點了欸。」林金德說道：「妳要在這裡過夜？」

「不用管我，反正我吞不下這口氣，他們不退錢我就不走！」劉淑蓮再次重申立場，死皮賴臉也要奮戰到底，說不定對方會屈服，願意退費。

林金德和郭娟妤見說服不了劉淑蓮，便拉了兩張凳子來，決定和她一起長期抗戰。門口三個保安見此狀況不爽了，他們放林金德和郭娟妤進來，是要讓他們帶走劉淑蓮的，怎麼現在一個變三個，全都賴著不走了？

「你們也有點羞恥心，不要那麼白目。」三人走過來趕人：「現在給我走喔！」他們指著門口說

劉淑蓮被趕慣了，只是哼的一聲將頭別向另一側，郭娟妤則說道：「你們退費，幫忙好好處理合約，我們就走啊。」她拿起契約說道：「至少也退一半的錢？」

「門都沒有，現在給我滾！」對方發怒，語氣變得難聽。

「那大家就在這裡耗著吧。」郭娟妤兩手一攤，沒在怕的：「你要是敢碰我，我就告你性騷擾，

順便把警察叫來，大家玉石俱焚。」

保安們氣呼呼，無可奈何，前面的光頭老大則使了個眼色，讓手下別管他們了，就放他們在那裡耗著，肚子餓自然就走了。

保安們走後，三人開始思考對策，林金德提議要不要真的報警，郭娟妤卻搖頭。報警無濟於事的，惹毛了對方，他們說不定還會被打，弄得魚死網破，錢也討不回來。

劉淑蓮問林金德什麼時候吃的晚餐，擔憂著他胰島素有沒有打，郭娟妤則望向四面八方，觀察賭場內的情景。

這賭場真是麻雀雖小，五臟俱全，各種賭具都有，什麼老虎機、百家樂、賓果，連荷官都很專業，花式發牌十分流暢，不像業餘請的，但最多的還是麻將桌，最符合東方人的口味。

郭娟妤越看越入神，那套俄羅斯輪盤應該要十幾萬吧？一看就是訂製的，國內沒有，得從國外進口；而那幾張麻將桌就更有意思了，唯一電動洗牌的那桌反倒不如一般的桌子貴，誰叫它是塑合板而其他是原木的呢，有的甚至邊上還鑲嵌了陶瓷，刷痕還是手工的，簡直是貴中之貴。

郭娟妤越看越驚奇，職業病讓她看不到眾人打牌的模樣，而是看桌子的材質及設備的品牌。越去研究，就越發現這賭場裡用的全是高級貨，想必真的賺了不少錢，她算了算，整個屋子的行頭竟然超過了三百萬。

「娟妤啊，妳有在聽嗎？」此時，劉淑蓮的呼喚讓她回過了神。

「怎麼了嗎，媽？」

「妳打麻將那麼厲害，下去打應該穩贏的吧？」劉淑蓮打趣的說道。

原來是在開玩笑，但這句話讓郭娟妤開始注意牌桌上的動靜，而不是只看桌具。這裡的麻將共有八桌，都在靠入口的位置，郭娟妤只看了一會兒就知道哪桌賭得最大，光頭老大盯著看的那桌就是了。

賭場一般賺的就是抽成，贏錢的人不僅得讓東家抽成，還得留下一些茶水費或小費。郭娟妤看他們賭了幾輪，每輪輸贏都是幾千元上下的，賭資非常大，也難怪光頭老大會緊盯那桌了。

但她卻越看越覺得蹊蹺，這桌的組合是一個肥肉橫碩的打赤膊男子、一個老人、一個不停抖腳的瘦小男子以及一個戴眼鏡的男子。乍看之下四人勝率平平，但細究才發現，總是戴眼鏡的男子贏大錢，其他人輸錢，而且他很少放槍（僅有他一個人輸錢，是該輪中的最大輸家）。

郭娟妤就這樣看了半個小時，最後確定，這桌有鬼，戴眼鏡的男子耍老千，而老人則偷偷幫他，這兩人是賭場派來的內應，要騙光賭客的錢。

「欸，你這樣也太扯，這樣都能胡！」打赤膊男子有些不耐煩了，拍著桌子說道。

「啊不然換位置。」眼鏡男子回答他。

「好啊，我要你那位置，風水輪流轉，等下看我怎麼胡。」打赤膊男子說道。

郭娟妤無奈的搖搖頭，跟位置無關的，不管怎麼換，這人有問題、牌有問題、麻將桌也有問題，他是不可能贏得了的。

眼見打赤膊男子已經輸了幾十萬塊錢，郭娟妤看不下去，有些躍躍欲試，便鼓起勇氣走到他們身邊說道：「嗨，我也可以打一下嗎？」

四人都抬起頭看她，心裡都想著，這誰呀？

「妳新來的喔？怎麼以前沒看過。」打赤膊男子問道，他是這桌裡最強勢的人，卻也是輸最多的人，反而眼鏡男子默默的靠老千手段贏了幾十萬。

「我想跟你們打一輪，啊不然，阿伯，你休息一下我幫你打啦。」郭娟妤說著說著就擠到老人身旁，想將他擠下來。

「啊，沒啦，我還要打啦！」老人趕緊說道。

「我看你一直輸捏，從剛剛到現在也沒贏過一次，你這樣打會爽快嗎？」郭娟妤用俐落的台語故意說道，老人就是幫忙作弊的內奸，每局都輸了一些小錢，讓眼鏡男贏其他人的錢，郭娟妤換下他剛好而已。

「啊沒啦，我之後就會贏了啦。」老人緊張的說道。

「你要是會贏老早就贏了啦，啊不休息一下換我喔？」郭娟好提高音量說道：「一直輸錢怎麼看你也沒有很生氣？你錢多喔？」

這麼一說真的引起了其他人的懷疑：「欸對啊，老頭，你也輸好幾萬了吧？我看你一次也沒贏過，啊怎麼不痛不養？」打赤膊男子說道。

「沒啦，我也很氣啊，下一輪我就贏錢了啦！」老人有些亂了陣腳，深怕被抓包。

「你走啦，你不會贏啦，別在這裡礙眼啦。」打赤膊男子說道，嫌棄的朝他揮揮手：「我看就是你在帶賽，才害您北都摸不到牌，早早走啦，讓小姐打也比較賞心悅目。」

老人手足無措的看了看四周的人，到這個地步，他只得站起來，將位置讓給郭娟好，摸摸鼻子走人。

郭娟好大大方方的坐下，朝眼前的三人問候，光頭老大那邊卻坐不住了，立刻派手下過來關心，林金德和劉淑蓮也焦急的伸頸張望，不知道媳婦想幹嘛。

「小姐，妳不要亂搞喔，妳到底想幹嘛？」光頭男的手下面露凶光的問道。

「我坐著也是沒事，打個牌不行嗎？」郭娟好回答。

「打您〇，帶著妳家兩個老的給我滾出去！」

「喂喂喂，妳對小姐講什麼話？」打赤膊男子不高興了，出聲捍衛郭娟好。

「誠哥，你不知道，這女人是來亂的。」光頭男的手下趕緊說，似乎對這位名叫誠哥的人很是尊敬，畢竟是賭場的大客戶。

「怎麼來亂？」誠哥不懂的問道。

光頭男的手下一時之間也不知該如何解釋，總不能將詐騙合約的事說出來，郭娟妤見勢趕緊緩頰：「哎，我也就是打個幾局，你跟你們老大講，我玩玩等一下就離開了。」郭娟妤說道，並主動亮出錢包：「你看，我也不是沒帶錢，放心，江湖規矩我還是知道的。」

光頭男的手下沒輒，又不敢得罪誠哥，只好摸摸鼻子回去報告老大，接著就沒回來了。郭娟妤立刻感謝誠哥，並動手洗牌，眼角卻瞄到光頭老大朝眼鏡男使了個眼色，貌似在說：「這女的既然要來找死，就讓她死，贏到她破產！」

郭娟妤莞爾一笑，誰死誰活還不知道呢。

第一輪，牌發下來，手氣還不錯。郭娟妤漫不經心的調列著手中的牌，兩眼卻盯著牌桌各處，觀察其他人的神情，並研究作弊的機關在哪裡。

一副麻將有一百四十四張牌，誰多幾張誰少幾張，她一清二楚。這輪下來，是誠哥胡了，贏了小錢，郭娟妤還在觀望，而眼鏡男也還在保留實力，沒出老千。

「哈哈哈哈，小姐，妳真的是福星，一來我就贏錢了。」誠哥心花怒放的說道，從其他人手中接過錢。

「那是誠哥厲害，只是剛才沒發揮好。」郭娟妤微笑的說道，很自然的展現平時打牌的話術：「下一把誠哥可要讓我囉？」

「那可以，你們要小心，我要大贏特贏了！」

接著展開第二輪、第三輪、第四輪，眼鏡男的馬腳卻逐漸露出來了，他胡牌的速度很快，怎麼摸，怎麼都能湊成牌，一下子就連贏了兩把。

「吼，又是你。」誠哥不耐煩的說，瞪著眼鏡男：「你今天出門是踩到狗屎喔？運氣這麼好。」眼鏡男推了推眼鏡不說話，表現出一副孤僻的樣子，打算就安靜的贏錢，向老大交差。

而郭娟妤凝視著他，微笑，觀察結束，她已經知道對方在搞什麼把戲了。

在這麻將桌底下有一個隱藏的凹槽，看起來像煙灰缸，實則是可以做手腳的工具。眼鏡男放了一把「麻將貼片」在裡頭，等到手中的牌型明朗了，他就能從中掏出適合的貼片，讓自己胡牌。

這貼片就像一種精巧的貼紙，能夠貼在麻將牌的表面，將它變成另一張牌。例如，一張「二索」的麻將，只要貼上「三餅」的貼片，就能變成「三餅」；換言之，只要你有「三餅」的貼片，不管來的是什麼牌，你都能將它變成「三餅」。

這就是眼鏡男獲勝的秘訣，他在桌下藏了一堆貼片，只要達到聽牌階段（指即將胡牌），他就會從底下摸出相應的貼片，然後等待合適的時機，貼在麻將上，胡牌！

「三萬。」郭娟妤丟出了她的牌，然後觀察著這局的盤勢。

她之所以能對這一切瞭若指掌，正是因為，他們公司不只做麻將桌，也做麻將的作弊工具；這套貼片以及這個多功能（作弊）的桌子，她再熟悉不過了，她經手過的這類麻將桌，至少上百套。

「五萬。」又輪到郭娟妤，她再次丟牌。

她見手中的牌型已經確定，離胡牌只差臨門一腳，便伸手往桌底某個位置一按，果然，有個凸起的機關。

桌子的四個位置共有四個作弊凹槽，這保證了不管坐哪裡都能耍老千，但眼鏡男不知道的是，這些凹槽是互通的。

在按下按鈕後，郭娟妤若無其事的往凹槽內一撈，假裝在整理裙子，結果，她從貫通的凹槽摸到了對面眼鏡男藏在桌底的貼片，這一剎那，證實她的猜測沒有錯，對方就是在作弊。

「我聽牌囉。」郭娟妤笑瞇瞇的說道。

她抓了一把貼片過來，在機關的掩護下，偷偷瞄著，選到了她要的那枚，並將它藏在手牌內，營造出不管來什麼幾乎都能胡牌的狀況。

接著等到眼鏡男丟牌，她立刻用貼片改變牌型，將牌推出去，喊了句：「胡了！」

「唉唷，小妹厲害呀，胡了耶。」誠哥說道，絲毫沒發現牌桌下的端倪。

「我看看，一台、兩台、三台。」另一個對手也說，計算著郭娟妤贏的數目：「還不錯。」

只有眼鏡男一臉茫然，怎麼他才剛要胡而已，就被郭娟妤給胡去了？

「我只是運氣好，運氣好，還望各位大哥關照。」郭娟妤客氣的說道，一面洗牌一面收回麻將上的貼片，然後連同桌底的其他貼片，一起推回眼鏡男的凹槽去，並關閉凹槽的貫通，恢復原狀。

接下來的兩把，郭娟妤都靠著貼片大贏眼鏡男的錢，她和眼鏡男雖然都作弊，但她的牌技明顯更勝一籌，因此能更早的胡牌。

這貼片做得和麻將本身絲毫不差，顏色、手感，以及貼完後的高度都沒有瑕疵，一般人肉眼根本難以分辨。而且貼片還不帶黏性，靠著本身的靜電力量沾附，摔在桌上都不會掉下來，郭娟妤不禁佩服這產品的工藝，難怪一套要價兩萬元，她以往示範給客戶看，都沒有這次親身體驗來得感受深。

「又胡了！」郭娟妤再次贏牌，而且又是贏眼鏡男的牌，一點也沒有想掩飾的意思，連假裝輸一場都不願意，還想著對方什麼時候才能發現她也作弊。

「哈哈哈哈，你活該，就說風水輪流轉，你好運到頭了！」誠哥粗魯的笑著，用手指戳眼鏡男。

「小妹你運氣真好。」另一人說道。

眼鏡男覺得困惑，開始懷疑郭娟妤是不是作弊，但明顯找不到證據。郭娟妤見他沒有想像中靈光，只是一個二愣子打手，便決定整他一把。

這回，她見他已經聽牌，手開始在底下亂摸時，便開啟貫通機關，然後將手伸向他所在的凹槽，摸了他的手。

眼鏡男嚇了一大跳，趕緊縮手，身體震了一下，差點弄掉手牌。

「你怎樣？漏尿喔？」誠哥調侃他：「還是輸到不會玩了？」

「沒事……」眼鏡男弱弱的回答。

郭娟妤憋著笑，幾乎快忍不住了，對方一定覺得見鬼了，怎麼會摸到另一隻手？難道是幻覺？

接下來的兩把，眼鏡男都沒敢再把手伸向凹槽，直到下一把，他鼓起勇氣再次作弊時，郭娟妤也決定將事情做個了斷了。

她已經熟悉了對方放置貼片的習慣，這回她在他取完所需的貼片後，伸手將那個位置的貼片全拿過來，低頭悄悄看，果然都是「索子」，而且少了張「七索」，對方想胡的，應該就是「七索」。

於是她也拿了張「七索」的貼片，然後在對方即將胡牌的狀況，發揮高超的牌技，硬是將自己的手牌也轉換成跟「七索」有關的牌型。

接著，在眼鏡男自摸胡牌的瞬間，她也喊胡了。

「啊？妳怎麼會胡？」眾人疑惑的問道，在眼鏡男的回合，怎麼郭娟妤也冷不防冒出一句胡了。

「哎呀抱歉，我剛剛已經胡了我都沒看到。」郭娟妤裝無辜的說道，並推開手牌，順勢轉移話題：「我胡這個，咦，大哥你胡什麼啊？」她望著眼鏡男問道。

眼鏡男沒戒心，也將手牌推開，這下妙了。

「你那裡一張『七索』，我這裡一張『七索』，」郭娟妤看著他的手牌，再看看自己的，然後看向桌面：「這裡還有三張『七索』，咦，奇怪，怎麼會有五張『七索』？」

此話一出，同桌的其他兩人一片譁然。

一般麻將只會有四張同花色的牌，也就是四張「七索」，這多了一張，擺明就是作弊。有兩張不是「七索」的牌，被貼上了「七索」的貼片，分別在郭娟妤和眼鏡男手裡。

「對啊，現在是怎樣啊，怎麼會有五張『七索』？」誠哥站起來嚷道，大怒拍桌：「是不是出老千啊！」

「哎呀，怎麼會出老千啊？」郭娟妤故作驚訝：「人家的牌都是從桌上拿的，沒有作弊呀！」她說道，並看向眼鏡男：「還是你的牌有問題啊？要不要拿出來看看是不是假牌？」

眼鏡男面色發青的摀著牌，已經在發抖了，他們的騷動引起了所有人的注意，賭場內有人出老千那是最萬萬不可的，有不少人都圍觀過來，你一言我一語的討論個不停。

「夠了，現在是什麼狀況？」光頭男走了過來，並帶著一干手下包圍了賭桌。他一直在盯著郭娟好這一桌，沒想到稍微分神了一會兒，事情忽然急轉直下。

「你們家賭場有問題啦，有五支『七索』啦！」誠哥火冒三丈的怒道，一晚上輸錢的不爽在此刻全部發洩，他指著光頭男，喊著他名字：「林國泰，你今天不給個交代我不會罷休啦，你家賭場出老千，傳出去能聽？」

「好啦好啦，誠哥你冷靜一下啦，我調查一下啦，說不定是誤會。」光頭男趕緊拍拍他的肩膀說道。

「誤會？我闖蕩賭場這麼多年，第一次看到這麼拙劣的老千，五支『七索』？」誠哥再次拍桌：「怎不乾脆來個十支！」

「好啦，誠哥，我保證調查清楚，現在就調查。」光頭男不敢怠慢的說道，並立刻喊手下過來招待：「你們，快帶誠哥去裡面，開那瓶九六年的拉菲（高級紅酒）出來。」

他送走誠哥後，瞪著眼鏡男，暗罵他成事不足敗事有餘，再瞪郭娟好，卻不曉得該怎麼解決，畢竟他連前因後果都不知道，怎麼原本好好的突然就被抓到出老千了？

郭娟好笑著，主動就要拉光頭男要借一步講話，光頭男是不屑她的，旁邊的幾個小弟也嚷著要她注意自己的身分，但光頭男擺了擺手，耐著性子和郭娟好到旁邊去，想弄清楚是怎麼回事。

郭娟好劈頭就將賭桌下的機關，以及眼鏡男如何作弊講了個明明白白，還講說這要是傳出去，你們會不會被尋仇不知道，但賭場肯定是開不下去，誠信掃地了。

「妳一個女人，怎麼會知道這麼多？」光頭男十分驚訝。

「我就是做賭具生意的。」郭娟妤坦白說道：「你這裡的設備，有不少經手過我們公司，什麼太陽會、竹聯幫（黑社會集團），我多少都有認識，說不定你上頭那位還是我的客戶。」

「哼。」光頭男並沒有被她威脅到：「所以呢，妳想要幹什麼？」

「我要你把八萬塊退來。」鋪陳了這麼久，郭娟妤終於如願向這個人說出目的：「我爸被你們禮儀公司騙錢，買了一個沒有用的塔位，我要取消那個合約，你把八萬元還來就好。」

「喔。」光頭男深深笑道，覺得郭娟妤的話很刺耳：「妳以為這樣我就會照做嗎？耍老千，又怎樣？妳怎麼證明那個戴眼鏡的是我的人？妳想得很美啊？」

他只要撇清關係，詐賭一事就和賭場無關了，讓眼鏡男自己擔下來就好。

「問題是他詐賭，誠哥一定會向他把今晚輸的錢全討回來，那可是好幾十萬。」郭娟妤冷靜的說道，將利害關係分析清楚：「但如果你解決我的契約，就只需要賠八萬元而已，我會說是我耍的老千，由我擔下來。那個戴眼鏡的自然不需要還錢，因為幾十萬是在我加入之前贏的。」

光頭男沉默了一下，有些佩服郭娟妤的邏輯了：「妳覺得我林國泰有差那一點錢？」

「但那一點錢，對我老爸老媽可是很大一筆錢。」郭娟妤說之以情，接著態度轉硬：「不過是八萬元而已，換十幾萬，你有什麼損失？難道真的要我把你們賭場的機關都說出去？我告訴你，我可是看得清清楚楚，那俄羅斯輪盤也有問題，你要我把事情鬧大嗎？你還有不少賭客都還在這裡喔，鬧起來你可收拾不了。」

「妳……」光頭男瞪著她，臉色都垮下來，有些汗顏了。

「我和我老爸老媽都不是這裡的人，特地下來只為了討一個公道。」郭娟妤最後語氣放緩，給對方臺階下：「事情解決後，我們就回去了，從此井水不犯河水，我也不會再來管你們賭場怎麼樣，各自過各自的生活。」

「妳叫什麼名字？」光頭男問道。

「郭娟妤。」郭娟妤毫不畏懼的報上名號，並順手遞上一張名片：「大家出來就交個朋友，老人家的退休金拿了也沒意思，盜亦有道，有緣份日後還可以做些生意。」

「呵呵呵，妳這女人可真不簡單，講的話連我林國泰都服。」對方收下了她的名片。

當郭娟妤回到吧台時，林金德和劉淑蓮兩個老人家已經急得像熱鍋上的螞蟻了，他們見賭桌那邊起了紛爭，郭娟妤身在其中，也不敢去問，只能乾焦急，此刻見郭娟妤毫髮無傷回來，終於鬆了口氣。

「爸、媽，沒事。」郭娟妤安撫的說道：「我只是去摸個兩圈。」

「啊妳怎麼那麼突然，說打麻將就打麻將？」兩個老人還是摸不清頭緒，覺得這未免也太狀況外了。

「就順便談點事情，然後，我們可以回家了。」郭娟妤微笑。

「回家？」劉淑蓮納悶道，又板起臉孔：「沒退錢我才不回家！」

「他們已經退了。」郭娟妤笑著說道，從包包中拿出一個牛皮紙袋，遞給劉淑蓮：「裡面不多不少是八萬元，媽，妳數一下。」

劉淑蓮十分吃驚，盯著郭娟妤看，然後打開紙袋。

「哎呀，真的欸！」林金德也驚得跳起來，對郭娟妤露出久違的一抹笑：「妳怎麼做到的啊？他們怎麼願意退錢啊？」

「這說來話長囉。」

理論上，對方應該要透過聯繫銀行，取消那八萬元的帳才對，但光頭男可沒那個閒工夫，現在也不是銀行的營業時間，所以他直接拿了八萬元現金給郭娟妤，讓他們就當合約作廢了，反正也沒任何履行的可能性及價值。

劉淑蓮數完錢，喜出望外，拍了拍林金德說道：「哎唷，老頭，錢真的回來了啊！」

「不是謝我，是謝媳婦。」林金德說道，也很高興。

「誰在謝你啊，沒打你就不錯了！」劉淑蓮翻臉回答，但轉頭對著郭娟妤又是一陣眉開眼笑：「娟妤啊，妳真的幫了大忙啊！妳好厲害，妳爸捅了這麼一個大簍子，妳都能補救回來，好厲害呀！」

「嘿嘿，媽，這也算我們好運啦。」

被詐騙的八萬元，竟這麼陰錯陽差的討了回來，簡直是奇蹟。

三人又算了一下錢，然後就低調的離開了這間「龍虎生命禮儀」，劉淑蓮忽然想到，不對呀，還要算銀行的利息費用，那將會多出好幾千塊，但現下也不好意思再去討了，她便又對著林金德一頓捏，說這些冤枉錢就當繳學費去了，看林金德還敢不敢再犯一樣的錯誤！

「爸、媽，我要回新竹了。」離開那臭烘烘的地下室，到街道上後，郭娟妤說道。

「咦？現在嗎？都已經這麼晚了耶。」兩老都很訝異：「妳要怎麼回去？」

「我剛查了手機，最後一班高鐵還來得及。」郭娟妤回答：「現在帶我去車站的話。」

「這麼快就要走，妳不是才剛來嗎？」劉淑蓮說道，並瞄了一眼林金德，忽然有些尷尬：「我是叫妳來陪妳爸的欸。」

「我覺得已經不需要了，我來的理由已經不存在了。」郭娟妤微微一笑，溫柔的看著公公與婆婆：「有妳陪就好了啊，媽，接下來的旅程，你們只能自己走完，這是我們兒女幫不上忙的。」

她的話中有話，讓林金德和劉淑蓮都沉默下來。

他們之間是有矛盾，但經歷了剛才與詐騙集團的鬥智與鬥勇，讓兩人頓時看開許多事情。尤其是林金德，他忽然覺得自己十分幼稚，一路上的所作所為很愚蠢，現在呢，別的體悟不說，就說拿回那八萬元時的感覺就好，真讓他謝天謝地、千幸萬幸。

他的後半輩子想要追求什麼，他還不清楚，老許的話依然有重量，但此刻的他知道自己是幸福的，有太太在身邊，可以和他相伴相依的走完人生這趟旅程，時不時，兒子和媳婦還會像搭高鐵這樣地出現，在他們面臨任何困難時，給予幫助。

再說，他還有一個小孫子呢，他期待著他長大的那一天。

「好啦，爸、媽，就送我到這裡吧。」郭娟妤說道，三人開著車到高鐵車站，終於她要下車了。

「妳先拿一些東西回去吧，給哲哲吃。」劉淑蓮指著後座說道。

「不要啦，等你們回來再說就好了。」郭娟妤笑著搖頭，她提著她的小包包，一身輕盈，才不想拿東拿西。

「跟仲凱說我們沒事了。」林金德握著方向盤說道：「再幾天就回去。」

「ＯＫ，不急啦，你們多玩幾天，難得出來。」郭娟妤揮揮手道別，臨走前不忘提醒林金德：

「記得跟媽說你沒生病啊，她擔心的要死。」

就這樣，郭娟妤走了，林金德和劉淑蓮望著她的背影，不禁覺得，其實這媳婦也沒想像中那麼差，若不是因為她的智慧還有職業經歷，他們這次真的別想全身而退。

兩老駛離車站，準備尋找今晚住的地方。林金德開著車，將他沒生病的事告訴劉淑蓮，說訃聞還有生前契約都是她多想了，他只是任性而已，搞那些東西沒別的意思。

誰知劉淑蓮嘴裡唸著太好了，竟默默的流下淚來，她一路以來的擔憂，終於在此刻煙消雲散了，沒事就是最好的事情，她邊笑著邊擦淚。

林金德被她的反應嚇到，心裡湧起滿滿的愧疚感，不知該如何是好。他又開了一段路，內心忽然想起一個故事，那是一段往事。

一段和林仲凱有關的往事。

第十章　一個陳年的小祕密，每個人都有段叛逆的日子

他們在高雄過了一夜，隔日睡到自然醒才繼續上路，這場環島已經過了一半，剩下的一半，就是慢慢回家。

路上，林金德跟劉淑蓮說起了他昨晚想到的往事。

林仲凱這個兒子，在他們眼裡一直是最完美的，從小到大成績都不錯，即使不是頂尖，也令他們滿意。但林仲凱也曾有叛逆的時候，不是指他高中畢業時那段為升學爭吵的日子，而是在更小的時候。

某天，林金德接到學校的電話，說林仲凱蹺課被教官抓到，要家長去一趟。他匆匆忙忙向主管請假，心裡滿是疑惑的，蹺課？這講的是他兒子嗎？

他趕到學校，被教官訓了一頓，教官說林仲凱已經連續蹺課一個禮拜了，做家長的都沒在關心嗎？整天就知道工作，就不能多看照點自己的孩子嗎？

林金德聽得一臉茫然，林仲凱一直都是很乖的孩子呀，前天還交了張九十幾分的成績單回來，怎

麼可能蹺課呢？但教官說得煞有其事，林金德也不得不信。

那個年代的教官是很大的，有權力體罰處分，也有權力訓斥父母，林金德連連向教官道歉，羞愧的帶著林仲凱走人，教官讓他回家管教，下午的課也不用上了。

一路上，林仲凱跟在他身後，低著頭都不講話。林金德不曉得他怎麼了，也沒帶他回家，而是帶他去鎮裡的花卉市場。

他在忙碌的市場中一眼就找到了劉淑蓮的身影，當時劉淑蓮還在打零工，穿著牛仔褲在成堆的花束中走動，用塑膠繩綑綁枝條，皮膚都被花粉惹得過敏，她的腰間插著一把大剪刀，下班回家時屁股都有瘀痕，得林金德用藥水推揉。

「你媽從早上七點就開始工作，做人家不要做的雜工，一天才賺幾百塊錢。」林金德對著林仲凱說道，兩人靜靜站在牆邊：「她那女人的手不知道被花割傷幾次了，一切都是為了供你讀書。」

林金德沒有說得太多，只是帶著兒子，一看就是半個小時。

他不知道要怎麼責備兒子，也不曉得兒子為什麼蹺課，他只是心疼劉淑蓮，非常自責自己沒有給家裡更好的環境。

終於，林仲凱說了聲對不起，說他知道錯了，說下次不會再犯了，於是林金德笑了笑，帶他回家去。

「什麼？就這樣？」此時，劉淑蓮插話了。

她坐在副駕駛座聽著林金德講故事，這可是一段她不知道的往事，結果虎頭蛇尾的：「所以他為什麼蹺課？他在學校怎麼了？」

「呃……」林金德愣了一下：「我沒問欸。」

「你沒問？」劉淑蓮簡直目瞪口呆：「我們的兒子為什麼蹺課，那是最重要的事，你為什麼沒問？」

「啊我……小孩會蹺課一般都是上課煩了吧？我小時候也常蹺課啊，去河邊釣魚之類的，反正就是去玩啊。」林金德彆扭的說道，他明明就講得很感人，講到劉淑蓮當年的辛苦，他很心疼，怎麼劉淑蓮就不領情。

「仲凱蹺課和我們那年代蹺課不一樣，他一定是發生什麼事情才蹺課！」劉淑蓮不禁生氣起來：「這麼大的事情，你怎麼沒問清楚？你能不能上點心啊？糊里糊塗的！」

「吼，反正這麼多年都過去了，也不重要了吧？」

「誰說不重要？」劉淑蓮翻了個大白眼，真的被氣到說不出話來：「孩子蹺課，你去學校帶他，然後什麼也不問，就帶他去市場晃一下，就當事情解決了，林金德，我真的不知道該怎麼說你了，沒神經也不是這樣的。」

「……」林金德無言以對。

蹺課一天兩天就算了，蹺課了一個禮拜，那不是普通孩子會做的事情呀。劉淑蓮越想越納悶，若是在當年，她一定很焦急，如今二十年都過了，焦急轉變成了好奇，她很想知道兒子當年到底怎麼了。

「那是在他高中的時候嗎？」劉淑蓮問道。

林金德想了一下學校的模樣，然後點頭：「嗯，就○○高中。」

「是在幾年級的時候？」

「我忘記了欸，反正就是高中。」

「是高三嗎？那很重要欸。」劉淑蓮說道：「高三下他要升學了，非要去讀美術的，和我們大吵架，說不定就是蹺課那時候埋下的伏筆。」

「好像不是高三。」

劉淑蓮非常執著這件事，讓林金德不得不將車停在路邊，兩人開始認真的討論起來。

林仲凱一直是個乖乖牌，卻蹺課了一個禮拜，驚動教官叫家長去學校，這背後的原因無人知曉。更可恨的是，劉淑蓮竟然到了二十年後才知道這件事，她非得解開這個謎團不可。

「我當時是不想讓妳擔心，所以沒跟妳講，我想說孩子知道錯就算了，妳別氣了行嗎？」林金德說道。

「我氣的是你漫不經心不只一次，天知道以後還有多少這樣的事情！」劉淑蓮回答：「改天要是兒子要離婚、要娶小三，你是不是也覺得沒什麼，就不告訴我了？」

「吼，妳在亂講什麼啦，這種事情怎麼可能發生！」

「所以就算發生，你也不會告訴我？」

「妳就別再糾結了行嗎？」林金德忍無可忍的說道：「妳要討論兒子蹺課的事，我們就先把蹺課的原因找出來吧。」

「你說他那時候幾年級？」劉淑蓮問道。

「可能高二吧。」林金德盡力回想著：「那時候還穿短袖，好像夏天。」

「會不會是跑去打網咖？」劉淑蓮問道，那年代家用電腦還沒那麼普及，有許多小孩都會去打網咖。

「應該不是吧，仲凱不打遊戲的。」林金德說道。

兩人猜了老半天，還是沒有半點頭緒，林金德索性繼續開車上路，一面回答劉淑蓮那些「兒子是不是學壞了」、「是不是跑去飆車」、「跑去吸毒」等等無厘頭的問題。

「要不乾脆打給仲凱問清楚？」林金德說道，現在也沒有什麼不想聯繫兒子媳婦的心結了。

「不要。」劉淑蓮蹙眉搖頭：「這樣很奇怪欸，我們在環島，突然就問他那麼久以前的事。」

「那就問娟好啊，說不定娟好知道。」

「也不要，這只是小事，幹嘛勞煩他們。」劉淑蓮直搖頭，她想自己弄清楚這件事，畢竟嚴格來講，這也是他們身為父母的失職。

「那就問他同學吧。」林金德意興闌珊的提到：「阿偉、小平，他那些高中同學，現在不是都還會聯絡？」

這個主意讓劉淑蓮眼睛發亮，她不禁佩服林金德聰明：「你偶爾也滿靈光的嘛！對，仲凱的事問他朋友最清楚，哎唷，那個阿偉過年還有傳訊息給我耶，說阿姨恭喜發財，嘻嘻嘻，問他好了。」她愉悅的說道，覺得事情肯定有著落，便用手機翻出臉書以及line軟體，尋找著林仲凱的朋友們。

林金德默默開著車，沒再附和她了。他原先講出這個故事，是為了讓劉淑蓮知道，他們都為這個家付出，他們都知道她很辛苦，但本該是件讓人感動的事，卻朝複雜的方向發展了。

他們持續北上，準備前往下個買伴手禮的地方，而劉淑蓮仍在當偵探，不厭其煩的講電話滑手機，調查兒子的祕密。結果，還真的理出了頭緒，發現了一個驚人的事情。

「啊？啊？真的是這樣哦？好，那阿姨了解了，謝謝你喔。」劉淑蓮和林仲凱的朋友講著電話：「沒什麼事啦，就阿姨突然想到一些事情，想問你而已啦，啊你不要跟仲凱說我有打給你喔，好，好，就這樣，掰掰，過年再來阿姨家啦！」

她終於掛斷了電話，而林金德見她講得激動，便好奇的問道：「結果是怎樣？有問出什麼嗎？」

「你知道……」劉淑蓮表情複雜，思考著腦中的資訊：「仲凱還真的蹺課過一個禮拜，那段時間都在鬼混，沒在讀書，就高二下的時候。你知道他在跟誰鬼混嗎？」

「誰？」

「李侑諺。」

聽到這名字，林金德愣了一下。

李侑諺是劉淑蓮她妹妹的兒子，也就是他們兩個的姪子，他比林仲凱大一歲，正巧也是讀新竹的學校，但不是和林仲凱同一間。

「仲凱什麼時候和侑諺搭上的？」林金德不解的問道，這姪子和他兒子可是完全不同的兩個人。

「我也很驚訝，但他同學是這麼說的。」劉淑蓮說道：「仲凱那段時間都不去學校，就算去了，也一下子就蹺課，跟著他表哥（李侑諺）四處玩，鬼混。」

「那真的是學壞了呀！」林金德嘖嘖嘆道：「這麼重要的事情，我們竟然都不知道？」

「還不怪你不上心，教官都找你上學校了，就當沒事一樣！」

若林仲凱是標準的乖乖牌學生，那麼李侑諺就是他的相反。李侑諺從國三就開始抽煙，成績全班吊車尾，只勉強上了個私立高職，但最後也輟學了，沒去上課，都在打撞球、未成年騎車、把妹，就是人們口中的那種不良少年。

談到這個孩子，親戚們都搖頭，李侑諺的母親也常常向姊姊劉淑蓮抱怨，說要是孩子跟林仲凱一樣該有多好，也不用她這樣操煩——因此，聽到林仲凱是去和李侑諺鬼混，兩老不禁都捏了把冷汗。

「他們不是不同學校的嗎？怎麼搭上的？」林金德問道：「這兩個孩子又不常在一起，過年過節也沒看他們講過什麼話。」

「聽說侑諺還教我們仲凱抽煙欸，他同學講的。」劉淑蓮越說越義憤填膺：「你說這孩子怎麼這樣，自己糟糕就算了，還來帶壞別人。」

「那淑媛（李侑諺的媽媽）有跟妳說過這件事嗎？」林金德問道。

「就沒有呀，所有的事情，我都今天才知道欸，你也是啊，今天才跟我說仲凱被教官抓過！」

「好啦好啦好啦。」林金德見劉淑蓮又要生氣，便安撫道：「反正事情都過去那麼久啦，仲凱他們都長大了，也都沒有變壞啊，那就好了呀。」

劉淑蓮倒被這句話給說服了，頓時怒意全消，是呀，林仲凱都三十幾歲了，而李侑諺也是，當時再怎麼偏差，兩人也都長大了，怎麼她總是將他們當成小孩子？

說起這個李侑諺，小時候雖然壞，但其實長大就好了，現在在某個電器行當冷氣師傅，也結婚了，生活過得還不錯，跟普通人沒什麼兩樣。

「不然，我們順便去看一下淑媛吧？」劉淑蓮忽然提到，想去看她妹妹。

「咦？這麼突然？」

「哪有突然，我們不是會經過彰化嗎？你就順便下去，我們去淑媛家坐坐，侑諺應該也在。」劉淑蓮說道，劉淑媛就住彰化，她和兩個妹妹感情很好，完全是自己人，就唯獨和大哥比較生疏。

「妳就這麼想知道侑諺怎麼帶壞仲凱哦？這樣很尷尬欸。」林金德說。

「誰說一定要問那個？就單純去坐坐也還好吧。」劉淑蓮將計就計，拿出手機就打給她妹妹，並再白了林金德一眼：「但他到底和仲凱說什麼，也要弄清楚，說不定就是他害仲凱沒去讀電機系的，吼，當初堅持要什麼美術系，我就說你要是電機系，現在好歹也是個竹科工程師！」

林金德苦笑，劉淑蓮果然還是對當初的事念念不忘。

至於他，現在已經釋懷了，他覺得兒子沒去讀電機系是對的，所自己所愛，愛自己所選，日子才會過得幸福吧？

他不禁又想起一段往事，想當初和兒子吵得最兇的，不是劉淑蓮，而是他，兒子的那句「不想活得像你一樣」，讓兩人的關係降至冰點。

兒子去讀大學後，林金德面子拉不下來，和劉淑蓮都沒有給他生活費，只幫他繳了學費，其餘的就照兒子撂過的狠話：靠他自己打工賺吧，他們一毛錢都不會給。

這樣子的壞關係持續了半年多，但劉淑蓮心軟得比較快，總會趁林金德週末加班，叫兒子回家吃頓飯，從此林仲凱都會固定在週五回來，十點前離開。

直到某天傍晚下雨，父子兩人在家裡附近的路上撞見，迴避不及，林金德才尷尬的說道：「以後回家就別偷偷摸摸了，害我下雨還得假裝加班。」

一家人，就此和好了，現在想來，真的很好笑。

「就決定去淑媛那囉。」劉淑蓮說道，聲音讓林金德回過神來。

「好。」他淡淡的回應一句，平穩的向前方開去。

昨晚送走郭娟妤的時候，劉淑蓮有問一句，既然被騙的錢討回來了，我們是不是該回家了？

是的，林金德在心裡點頭，他們該回家了。

※　※　※

劉淑蓮的妹妹住彰化市區，林金德找車位花了一段時間，然後才上樓去找已經上去的劉淑蓮。

車上有現成的伴手禮當禮品，劉淑蓮一見到妹妹就打開話匣子，樂得將這陣子發生的趣事都與妹妹分享，唯獨這場荒誕的環島之旅她暫時略過，避而不提。
林金德打了聲招呼，也在客廳坐下。他妹夫不在，家裡只有劉淑媛而已，連劉淑媛的孫子，那些小孩子也沒看到，應該是去幼稚園了。
這家子和林金德夫妻的組成差不多，都是祖孫三代，兒子都已經生了孩子，唯一的不同是，對方三代都住一起，但林金德夫妻沒有和兒子住。
林金德望著牆上的塗鴉，知道這口子鐵定比他們家熱鬧，三代同堂，連孫子都多了好幾個，平時一定吵翻天。但他也沒有很羨慕，他和劉淑蓮照顧哲哲快三年了，知道那種累，想必劉淑媛是更累的。
「啊侑諺去哪裡？」劉淑蓮有意無意的提起了林仲凱的表哥。
「去工作，但應該快回來了。」劉淑媛回答。
「這麼好，這麼早下班喔？」劉淑蓮看著時鐘說道。
「沒有啦，他那個責任制的，有事情就要出去。」劉淑媛揮著手說道：「妳也知道，他們冷氣保養上班都不固定，這個月聽說還要去北部給一間公司裝修捏。」
「啊是賺多少啊？應該也不錯吧？」劉淑蓮問道。
「哪有你們家仲凱好啦，上班族，坐辦公室。」

林金德心不在焉的聽她們聊天，不一會兒，劉淑媛的媳婦帶著小孫子們回來了，屋子頓時像麻雀飛進來一樣，嘰嘰喳喳吵個不停，一人一句的喊著姨婆、姨公。

劉淑媛笑得嘻嘻呵呵，讓媳婦招待客人，轉身就要去廚房弄點心給孩子吃。林金德微笑著凝視眾人，看女人們逗孩子，愈發覺得奇妙。

李侑諺，這個從小被他們看壞的姪子，竟也生了這麼一窩小毛頭，還認真的賺錢養家，成了一名稱職的父親，絲毫不比林仲凱差。

人果然不能妄下定論，年輕時的猖狂，也不代表日後的成就如何。

「欸，你幫我去買個養樂多。」這時，劉淑蓮朝林金德擠擠眼色說道。

「養樂多？」

「對啦，我要給小朋友喝的。」劉淑蓮說道，並數了數人頭：「買一箱好了。」

劉淑媛的媳婦聽到他們的對話，趕緊說道：「阿姨，不用啦。」

「要啦，給他們喝一下。」劉淑蓮回答。

「這樣會寵壞他們啦，讓妳破費。」

「不會啦，難得來嘛。」劉淑蓮樂呵呵的說道，摸了摸一個興奮的小孩說道：「等一下吃飽飯再喝，去跟哥哥說，說有養樂多，姨婆要去買。」

林金德掂了掂懷裡的皮夾，穿上鞋子就出門買養樂多去了。

他在社區外拐了個彎，才想著要上哪找超級市場，就在中庭外的花圃遇到了一個不該遇見的人，就是李侑諺。

李侑諺穿著工作褲，在花圃牆旁邊抽菸，一見到林金德走來，他立刻打了個招呼，並沒有很驚訝。

「嗨，姨丈。」他說。

「你怎麼在這裡呀？」林金德嚇一跳：「你媽說你去工作。」

「我剛剛就回來了，看到你們在家裡，想說晚點進去。」李侑諺隨性的說道，並瞥了一眼欄杆內。從這裡果然能剛剛好望見他家陽台，半遮的窗簾後，是劉淑蓮和小孩們一起看電視的景象。

「你工作結束了嗎？」林金德關心的問道，對這個姪子其實百般好奇：「你媽說你是責任制的，可以跑回家嗎？」

李侑諺年紀和林仲凱差不多，卻顯得更加老成，他臉上有些鬍渣，比起林仲凱那副白領模樣，他更有一股瀟灑的氣質，彷彿經歷了更多的社會洗禮。

「暫時沒工作，想說回來吃個午飯，省錢。」李侑諺簡單的回答道：「倒是姨丈，你們怎麼有空來這裡？不是說要出國嗎？」

「哎唷，這個……」林金德一時語塞，是呀，他們要出國的消息，全世界都知道了，想必劉淑蓮那邊再想怎麼隱瞞，最後也瞞不過妹妹：「就臨時取消了，改成環島。」他回答。

「環島也不錯，這季節哪裡都好玩。」李侑諺說道：「但你怎麼出來了？是要買什麼東西嗎？」

「喔對，你阿姨讓我買些養樂多給小朋友。」

李侑諺沉默了一下，似乎在思索什麼，直到林金德揮了個手勢，打算要走，他才又開口：「姨丈，其實仲凱有告訴我你們的事，你們還好嗎？」

「咦？」林金德再次嚇一跳：「仲凱……跟你說什麼？」

這實在太讓林金德意外了，見李侑諺的表情，大概林仲凱把他們鬧失聯的事情都講了。雖說家醜不可外揚，這讓林金德有些丟臉，但在這關頭，他卻更好奇，為什麼林仲凱會將事情告訴表哥？

「你和仲凱很常聯絡嗎？」林金德太疑惑了，這兩人的關係竟然這麼好嗎？

「沒有欸，就是這幾天，突然又有聯絡上。」李侑諺又抽了一根菸，話很少，讓林金德不知道他在想什麼。

「那他告訴你什麼？」林金德問道，不免有些緊張：「是說我們生氣？」

「不是生氣，是說你好像怪怪的，他很擔心你。」李侑諺回答，看穿了林金德的心思，便說道：「但現在感覺沒事了，你們環島也快結束了不是嗎？」

「對，準備回新竹了。」林金德不自在的說道：「但我都不知道，原來他跟你有聯絡，你們表兄弟還不錯嘛。」

「也不是常常聯絡，就他有時候會問我一些問題，跟我討論這樣。」

「是什麼問題啊？」林金德愈發納悶的追問道，兒子有什麼事不會找父母商量，而是找表哥？

他想起二十年前兒子蹺課的那段蹊蹺，正是和表哥在一起，便鼓起勇氣問道：「侑諺，其實有件事，姨丈一直想問你。」

「什麼事？」

「在仲凱高二那時候，你們是不是常常出去啊？」林金德話說得隱晦，想想怕李侑諺聽不懂，便又補充：「他那段時間常蹺課。」

李侑諺一聽便知道林金德在說什麼，便點頭：「對啊。」

「你們都去哪裡？」林金德殷切的問道：「還有跟誰？」

「基本上就我們兩個，去哪裡哦？去逛街、跑山、隨便走隨便玩啊？」李侑諺隨口回答，不明白這問題的用意：「都那麼久以前的事了，怎麼了嗎？」

「沒啊，那時候仲凱是蹺課欸！他從小到大沒蹺課過欸！」林金德不自覺加重語氣，雖不想講是李侑諺帶壞林仲凱，但誰都聽得出來。

「蹺課是他自己要蹺的喔，姨丈，可不是我慫恿他的，我也有叫他不要喔。」李侑諺笑著解釋，卻又發覺沒什麼好辯解的，便換個口吻說道：「我帶他去了好多地方，我們跑最遠還去台南，就騎一台機車，當天來回。」

「台南?!」林金德下巴都快掉下來：「那麼遠欸，他還只是個學生啊，而且你當時有駕照嗎？你也是個學生而已啊？你們去台南幹嘛？」

「姨丈，別激動，都小時候的事了。」李侑諺說道，熄掉菸蒂，意味深長的吐口氣說道：「而且，若不是那時候我幫仲凱蹺課，仲凱現在不知道會變怎樣。」

「變怎樣？什麼意思？」

「你們知道，仲凱那時候失戀嗎？」

「咦？失戀？」林金德愣住。

「對啊。」李侑諺想了一下，在花圃邊坐下，覺得將這個祕密說出來也無所謂了：「仲凱那時候喜歡一個女生，結果失戀了，他很傷心——欸，你不要覺得這是小事喔，對在青春期的男生來說，這是很嚴重的打擊。」

李侑諺娓娓道來，說林仲凱那時候很難過，不知道該怎麼排解情緒，書也唸不下，然後他想起了他有一個表哥很會泡妞，對戀愛很有經驗，於是就找上了他，李侑諺。

「我就帶他去玩，帶他去打撞球、帶他去看電影、喝酒唱歌看妹妹，那時候才發現，么壽他有夠可憐的，除了讀書，什麼都沒經歷過。」李侑諺呵呵笑：「姨丈啊，不是我說你們，你們根本不了解自己的兒子，連他失戀了都不知道。那時候要不是有我陪他，我看會一直消沉，連大學都考不上喔。」

「……」林金德眉頭深鎖，還真從不知道有這麼一段往事。

「而且你們給他很大的壓力，他成績都不敢退步，每天準時上課、下課，去補習班，當你們的乖孩子，連畫畫都只能在學校畫，在家不敢畫。」李侑諺搖搖頭說道：「你們看，現在他都成家立業了，你們還要追究當年的事，控制欲真的很強欸。」

「哪有，我沒有要追究啊。」林金德喊冤：「我只是好奇，沒有控制欲強。」

「反正，那時候他又剛好要升三年級，考大學的事很煩惱，喜歡的女生又不要他了，快瘋掉。」李侑諺說道，回想起越來越多的事情：「我就要他都別管了，跟我走就對了。每天我就在圍牆下面等他蹺課翻出來，後來他就直接不去學校了，直接到我住的宿舍等我，應該就那時候被教官抓的。」

「那你們到底都在做什麼？」林金德滿頭問號，並有些擔心：「騎機車到處瞎跑嗎？」

「不一定啊，有時候就待在我宿舍，一整天打電動，煮泡麵吃。」李侑諺回答：「也有一次他晚上溜出來，我們去虎頭山看流星雨。」

「還晚上溜出去？」林金德抱頭訝異，越說越超出他的接受範圍。

「對呀，那段時間是他最快樂的時候。」李侑諺話鋒一轉，看向林金德說道：「你們覺得是蹺課，卻是他最需要喘的一口氣，他失戀，你們沒有人陪他，是我陪他走出來的，要不是我充當他放浪時的玩伴，他又如何能回去當你們的乖孩子？」

「嗯……」林金德心情複雜。

「你們一點都不了解他吧？你們，沒有進入過他的世界。」李侑諺嘆口氣說道：「仲凱，是個心思很細膩的人，他盡力維持在你們之間的平衡。你們看過他高中畫的那些畫嗎？那時候藏了很多在我家，他想要畫畫，卻得不到你們的支持。」

「有啦……後來，有支持了啦。」林金德有些難堪：「啊做父母的總希望孩子更好。」

李侑諺接著說道：「那時候我就跟他講了，你喜歡畫畫，就去讀、去考美術系，哥哥無條件支持你，我說我是不能幫你繳學費啦，但沒飯吃的時候，我可以請你吃一頓陽春麵，呵呵。」他苦笑道：「然後我也跟他講，再怎麼樣還是要孝順父母，吵架歸吵架，總有一天會合好的。你看我，也是一天到晚在跟爸媽吵架，但我還是很愛他們。」

原來，這就是林仲凱和李侑諺間的故事，也是蹺課的真相。

聽完，林金德心裡有種奇妙的感覺，他和兒子的距離並沒有被拉近，反而好像被推遠了。當初林仲凱堅持要讀美術系，想必是受到表哥的開導吧？賣靈骨塔那人說過，林仲凱很勇敢，到現在林金德才知道，兒子的勇敢並不是沒來由的，而是有許多人在背後默默支持，代替父母給予他認可。

他真的從未了解過他的兒子，比起他和劉淑蓮，有這麼多的人，都比他們還了解他的兒子，多麼諷刺。

「好了，姨丈，我們進去吧。」李侑諺說道，抽完了已經不知是第幾根的菸。

「欸，我還要買養樂多。」

「不用買了，我剛剛託一個人買了。」李侑諺笑著說道，好像在賣關子。

「誰？」林金德十分疑惑。

「還有誰呢，他一直擔心你們，卻一直撥不出時間來找你們。」李侑諺伸伸懶腰，站起身來說道：「我剛跟他說你們在這裡，他就立刻過來了，應該快下交流道了。」

「到底是誰？」

「還能有誰？」李侑諺勾起嘴角：「當然就是仲凱。」

林金德愣住。

林仲凱要來了。

昨天是媳婦，這回，則是兒子要來找他們了，他還沒做好準備呀！

第十一章　偶爾也要做一個不懂事的兒子

李侑諺說林仲凱要來，林金德還不信，直到看了他亮出來的手機，才知道，林仲凱早就計畫今天要來找他們了，上午就已經出發上路。

這怎麼都這麼突然呢？林金德有些慌了陣腳，他還不曉得該怎麼面對兒子呢。他回到李家，將這事告訴劉淑蓮，劉淑蓮卻反而很高興：「仲凱要來呀？」她說，並朝廚房招呼：「喂，淑媛，我們家仲凱要來唷。」

「哎是喔？」劉淑媛回答：「那我得再炒幾個菜，娟好有要來嗎？一起吃午餐呀。」

「不知道欸，應該沒有吧，昨天才見勒。」劉淑蓮喜孜孜的說道：「真好笑，我們環個島，兒子媳婦一直來找。」

這其中當然有說不出的苦衷，劉淑蓮已經釋懷了，心情特好，但林金德還很彆扭。開飯前，李家已經全部到齊了，劉淑媛和他先生，以及李侑諺夫妻、三個小朋友都在，真是和樂融融、熱鬧非凡。眾人又等了一會兒，終於等到了林仲凱。

林仲凱，圓碩的臉和林金德頗為相似，帶有一種人畜無害的溫和氣質。他穿著襯衫，在玄關脫鞋，李侑諺領他進門，他朝大夥兒打了聲招呼，笑著，視線在屋裡掃視一遍，最後落在自己父母身上。

「哎唷，好久不見了仲凱，這麼難得來阿姨這裡。」劉淑媛高分貝的說道，笑瞇瞇的讓林仲凱趕緊來吃飯：「你們一家真神奇，你爸媽在環島，你中途也跑下來了。」

「沒有啦，阿姨，我想說剛好來找爸媽。」林仲凱識相的回答，在母親劉淑蓮身邊就坐下了。

林金德尷尬得要死，一整個李家都不明白他們發生的狀況，除了李侑諺。

「工作還可以嗎？」劉淑媛的丈夫，李先生問道。

「都還不錯呀。」林仲凱回答。

「聽說最近遊戲廣告很多欸。」劉淑媛熱心的說道：「吼，那個打開手機，全部都是。」

「哈哈，有不少是我們公司做的啦。」林仲凱附和道。

眾人寒暄幾句後，便開始吃飯，小朋友的音量一下子大起來，讓眾人轉移注意力，林仲凱終於有機會跟父母說話了。

「媽，你們沒事吧？」他朝劉淑蓮問道。

「沒事，沒事，都好了，是媽想太多了。」劉淑蓮安撫的說道，她前幾天和兒子通電話，不小心哭哭啼啼，真是有點小題大做了。

「爸被抓到警局也沒事嗎？只是超速而已對吧？」林仲凱接著問，眼睛望向座位再過去的林金德。

「沒事沒事。」劉淑蓮拍拍他的手。

「啊我聽娟好講，那個被騙的八萬元也拿回來囉？」

「對，沒事沒事。」

劉淑蓮逐一回答他的問題，不怕麻煩，林金德卻越聽越覺羞愧，一字一句好像都在講他，是他捅出來的簍子。

林仲凱敏銳的察覺到父親的心情，因此沒有再問下去，只是拿出他在路上買的養樂多，給姪子們喝。

「怎麼這麼好。」劉淑媛趕忙替孫子們分配，免得他們開始搶：「還不快跟叔叔說謝謝！」

「叔叔謝謝～」

「啊對了，仲凱，你媽說娟好昨天才去找他們耶，啊你怎麼今天才來？」劉淑媛隨口問道，對於這混亂的安排有些疑惑：「你們幹嘛不一起？」

「有工作嘛。」林仲凱回答，一時也不知道該怎麼解釋：「而且晚上還有哲哲要帶，所以我才跟娟好錯開。」

「可是你爸媽環島好好的，幹嘛一定要這時候來找他們？原本是說要出國沒錯嘛？」

「好啦媽妳別再問那些有的沒的了啦。」李侑諺出來打圓場：「妳快吃，飯都要冷掉了。」

林金德抿著嘴，又何嘗不知道林仲凱工作很多，是即使百忙之中抽空，也要來過看一下父母才安心；他手機那成推的兒子傳來的訊息，到現在都還沒看呢。

說到底，他這趟旅行就是一場倔強的鬧脾氣。

吃飽飯要收桌之前，林仲凱終於找到時機和父親說話，他跟劉淑蓮交換了位置，坐到林金德身邊，幫他斟滿熱茶，問道：「爸，你心情好點了嗎？」

「嗯。」林金德不知道該說什麼。

「哲哲我們請保母帶了。」林仲凱說道，在林金德回話前，他就說出和郭娟妤差不多的話：「我和娟妤都想過了，你和媽年紀也大了，給保母帶是最好的。」

「兒子啊，其實我也沒有生氣啦。」林金德想解釋些什麼：「就是聽了你那個李阿叔（老許）講的話，突然有點想不開而已，畢竟我和你媽是真的計畫出國很久，被取消……」

「爸，我知道，是我們溝通不良。」林仲凱望著他說道：「反正一家人就是多溝通，講一講什麼就都好了。」

「嗯……」

一番簡單的話，明明沒講出什麼道理，卻讓林金德寬心不少。當初取消出國，也是兩老自願的，林仲凱只是稍微提了工作忙，他們就自告奮勇退了機票，說要幫忙帶孫，現在又反悔拿這個來講，著實不太厚道。

或許本來就沒什麼事情，只是庸人自擾，正如劉淑蓮偷聽完他們的話後，悄聲對林仲凱說的：

「你爸啊，他只是人老了，沒寄託，很空虛就會胡思亂想。」

飯後水果，是梨子和木瓜，劉淑媛和她媳婦帶著小朋友們去睡午覺，留下男人們和林家人在客廳繼續聊天。

劉淑蓮很多話，一個人就包辦了李侑諺和妹夫的注意力，林金德則繼續和兒子說話。他對兒子其實有很多疑問，以前他對兒子只有一個面向的認識，就是個聽話、負責任、喜歡畫畫的人，但經歷這趟旅程，他才知道兒子也曾失戀、也曾蹺課和表哥鬼混，或許還有更多他不知道的事情。

「爸，你從哪裡知道這麼多？」林仲凱驚訝的說，從父親嘴裡聽見他過去那些荒唐事，還是有些不自在：「哥哥（表哥）講的吼？」

「沒有啦，就我和你媽突然想到，你過去曾經蹺課，教官找我去學校。」林金德回答，越說越過意不去：「然後就覺得，我和你媽也不是個盡責的父母，對小孩的事情一無所知。」

「沒有呀，本來成長過程中，就有很多事情不會讓父母知道。」林仲凱趕緊說道：「而且那時候是我不對，你們那麼辛苦賺錢，我卻蹺課，你帶我去看媽媽工作的時候，我其實有哭。」

「你不覺得這是一種情緒勒索？」林金德問道。

「咦？情緒勒索？」林仲凱嚇一跳，沒想到會從父親口中聽見這個詞。

「就……我和你媽用自己的辛苦來帶給你壓力，這其實是不對的。」林金德說到，自己也不太懂該如何表達，但他知道，這就是一種情緒勒索。當時林仲凱剛失戀，正在情緒低潮，他卻什麼都不了解，就帶著他去看劉淑蓮工作，彷彿在暗示，他不學好就是不孝，這是非常錯誤的教育方式。

他接著說道：「對啊，不是我們努力工作，你就有義務一定要讀好書，小孩是獨立的個體。」

「哇，爸，現在是怎麼回事？」林仲凱揉揉眼睛，以為自己聽錯了：「你去哪裡知道這些道理的啊？你還是我爸嗎？哈哈？」

「聽一個人說的。」林金德嘟噥著，腦海裡想到鄭立德：「現在才發現，我和你媽都錯了，當時給你期待太大，逼你太緊，還阻止你去讀美術系，這樣子其實孩子很容易出問題。你看你侑諺哥哥，從小玩到大，現在還不是過得好好的，也沒有比你還差。」

「哈哈哈，真的。」林仲凱不敢置信的笑著：「爸，你這趟環島到底經歷了什麼啊？好像變開明一百倍了欸，變得好有智慧喔？」

「你和娟好，比我和你媽有智慧多了。」林金德笑道：「而且，你一直都很懂事，我是希望你不要再懂事了，在我們面前做真實的你。我也想和你侑諺哥哥一樣，成為你在失意時會找的人，而不是只有考一百分時才會找的人。」

「哈，真的嗎？」林仲凱笑了笑，心思變得複雜起來，他思考了一會兒，便對父親說道：「爸，其實我最近就有一件不如意的事。」

「咦？」林金德一聽這話，立刻肅然起坐：「怎麼了？什麼事呀？」

「最近的工作，越來越不順利了。」林仲凱說道，以往這些事是不會對父母說的，但今天他決定找父親商量：「我想辭職。」

「辭職？」林金德嚇一跳。

「嗯。」林仲凱臉色黯淡了一些：「其實公司的待遇一直不是很好，我們美編這行，薪水不是很高，我想換其他工作。」

「怎麼會，不是說都有五、六萬嗎？」林金德問道。

「那是騙你們的。」林仲凱苦笑，事到如今，告訴父親好像也沒差了：「是怕你們擔心，所以才講這樣，把年終獎金什麼的加進去，也沒那麼多。」

「那到底是多少？」

「就三、四萬吧。」林仲凱鬱悶的說道：「很少，比娟好還少很多，都不敢讓她娘家人知道。」

「那你們把保母退掉吧，我和你媽繼續帶哲哲沒關係。」

「不，爸，不是那個問題。」林仲凱睜大眼，趕緊說道：「我不是在計較保母的錢，壓根兒就沒想那個。只是，我也該為家庭的未來著想了，我現在是一個爸爸了，不應該再做不切實際的夢想，該腳踏實地一點了。」

「什麼叫不切實際的夢想？」林金德聽不懂。

「爸，你說過畫畫是不切實際的夢想，記得嗎？」林仲凱認真的說道，望著林金德的雙眼：「你說畫畫養不活一個家，你說畫畫會餓死，我到現在才知道，你說的是對的，你和媽，都是對的。」

這話一出，讓林金德愣住，忽然間不曉得該怎麼回答。

想當初，他和劉淑蓮極力反對兒子去讀美術系，希望他走一條安穩的路，卻遭到兒子不惜翻臉的抵抗；現在，這麼多年過去了，兒子就業了，終於能理解父母的心意了。

但他卻反過來了，現在，他不希望兒子向現實妥協。

「你不做美編，你要做什麼呢？」林金德問道，平靜的望著兒子的臉。

「可能做保險。」林仲凱眼神飄忽的回答，顯然一點信心都沒有：「我朋友有好幾個都做得不錯，工時也沒有我在遊戲公司那麼長。」

「做那個你會快樂嗎？」林金德再問道：「是你想做的嗎？」

「我不知道，但為了錢，還是得做吧？」

「那娟妤怎麼看？她贊成你辭職去做保險嗎？」

「娟妤她……不讓我辭職，她覺得我就繼續做我喜歡的就好，家裡的收入……她沒問題。」林仲凱越說越鬱悶，一口氣上來，竟紅了眼眶：「爸，你和媽一直對我期望很高，但我真的沒那麼厲害，我畫畫一點都不厲害……」

「好了好了，沒事了。」林金德拍拍他的背，安慰他，思緒異常的清晰起來：「爸跟你說，這就是個很簡單的問題，麵包和理想的問題而已。想賺更多錢，就要放棄理想，要理想的話，就得犧牲一點麵包。這個問題，你以前不就做過決定了嗎？」

「做過決定？」

「大學時，你就選了要畫畫不是嗎？」林金德說道：「那時候你那麼義無反顧，怎麼現在這麼猶豫？」

「爸，那時候和現在不一樣了，現在我有家庭了。」林仲凱回答。

「現在也不至於生活過不去呀，三、四萬也是薪水，娟妤都沒說話了，你在意什麼？」林金德說道：「爸就問你幾個問題，你美編繼續做，有機會升上去，過得更好嗎？」

「是可以，但可能要很久。」林仲凱為難的說道：「可能要等主管退下來，有的沒的。」

「沒關係，只要能升上去，過得更好就行了。」林金德坦然的說道：「爸不在意你薪水多少，有前途就好，爸相信娟妤也不在意的。」

「嗯……」

「但最重要的，如果不考慮錢的問題，你喜歡這個工作嗎？」

「喜歡。」比起剛才的猶豫，林仲凱毫不考慮的回答這個問題。

「那就好啦。」林金德笑出來，他問完了：「不要放棄，放棄比堅持簡單多了，這是你喜歡的事，又是你的理想。你高中畢業時就做了艱難的選擇，不惜和我們吵架，怎麼現在反而變懦弱了呢？」

「所以，你們支持我繼續做這個工作？」

聽到這話，林金德笑得更深了，他趕緊將劉淑蓮招呼過來，兩人坐在林仲凱眼前，林金德說道：「我和你媽，每次看到你公司的遊戲廣告，都是驕傲的。不管你最後決定怎麼樣，我們都支持你，只要你做的是你開心的事。」

這話說出來，對林金德有著非凡的意義，當年沒能給予兒子認可，是他最大的遺憾，如今，他和劉淑蓮終於親口告訴兒子，他們支持他，即使遲了這麼多年。

「你就放心的做你喜歡的工作吧，這次有你全部的家人在背後支持你。」林金德握著劉淑蓮的手說道：「我和你媽，都無條件支持你。」

「咦？什麼什麼？」劉淑蓮還搞不清楚狀況。

「兒子對他人生的路迷惘了，需要我們關懷。」林金德說道。

「哦，那當然呀。」劉淑蓮咧嘴望著兒子豎起大拇指：「不管怎麼樣，我和你爸都支持你。」

林仲凱愣愣的望著眼前這幕，說不出話來。

比起感動，更多的是安心和驚訝，他的父母好像真的不一樣了，郭娟妤說的時候他還不在意，現在他才發覺，真的不一樣了，尤其是他父親。

變成更好的人了呢。

到底發生了什麼奇妙的事呢？他們的這趟旅程。

※　※　※

午後，林金德一家準備要離開李家了，這時，林金德的手機卻忽然響了起來。

「喂？」他沒多想就接起電話。

「你們有必要這樣嗎？」對方劈頭就說，用陰沉的聲音問道。

林金德愣了一下，不曉得是誰，但卻覺得這個聲音很熟悉。

「你是？」他問道。

對方沉默了一下，接著說道：「林先生，你現在害我被道上兄弟追殺了，那八萬塊他們找我討，說是我的疏失，我如果拿不出來，就等著被揍。」

林金德這才知道，是鄭立德，鄭立德打來了。

而且，他竟然還有臉來指責，簡直是作賊喊抓賊，明明騙錢的人是他，竟然還一副要找林金德算帳的口吻。

「你活該。」林金德不客氣的說道，一向溫和的他這回也說起了狠話，他略微顫抖的罵道，不吐不快：「你們的心腸怎麼這麼壞，騙人的錢還一副理直氣壯的樣子。」

「我有騙你嗎？你想要一個希望，我就給你一個希望，反正你又還沒死，納骨塔也用不到，你有損失嗎？」對方不客氣的說道。

「你……簡直是強辭奪理！」

「怎麼啦？是誰啊？」劉淑蓮見林金德講個電話講到氣呼呼，便問道：「誰打來的？」

林金德比了一聲噓，繼續和鄭立德講下去：「所以你想要做什麼？」

「我們見面一下。」鄭立德要求：「你把你那份契約帶來，我幫你轉讓給下一個人，記得帶印章和身分證，才能辦轉讓手續。」

「你覺得我會被騙第二次？」林金德傻眼。

「吼，我不是騙你的啦。」鄭立德激動的說道，講得很急：「這次你可以相信我，我是要幫你把塔位再賣給下一個人，這樣就能拿回一筆錢了。」

「你們老大已經給我八萬塊了，不用了。」林金德冷冷的說道。

「你聽不懂我意思呀，賣完的錢不是要給你的，是要給我的，我才能跟上面交差。」鄭立德說道：「就是把你手上的塔位賣掉，從此以後跟你沒關係了。」

林金德愣了一下，然後才聽懂，這傢伙，竟然是想再去詐騙下一個人，而且騙到的錢並不打算還給他，而是自己拿走了，怎會有如此厚顏無恥之人？

「你想得美，我怎麼可能幫你再去騙下一個人。」林金德搖著頭說道：「當初要找你的時候完全找不到，電話都不接，現在有麻煩了，就知道要打來了？」

「對不起，拜託呀，林先生。」鄭立德態度忽然軟化，哀求道：「賣掉的錢我可以分你一點，反正對你也沒損失，我真的需要和你見一面，不然我在道上就混不下去了。」

林金德原本不想理他，要掛斷電話，但在一旁偷聽的劉淑蓮和林仲凱卻已經了解了大概，趕緊比手畫腳讓林金德別衝動，先和對方保持聯繫。

「我等一下再打給你，我先想一下。」無奈之下，林金德只好這麼說。

電話掛掉後，劉淑蓮的音量立刻大了起來：「是他打來的？」

「對。」

「哇，他要做什麼啊？」劉淑蓮驚訝的問道：「該不會還要騙第二次吧，聽你講得氣成那樣。」

林金德將電話的內容告訴太太和兒子，他們聽完都和林金德一樣生氣，甚至比林金德還生氣。三人決定先離開李家，然後在中庭開起作戰會議。

「這都是些什麼人啊？詐騙被拆穿了，竟然還敢要求被害人一起騙下個人？」劉淑蓮難以置信的搖頭：「世風日下，人心不古。」

「爸，你去告他吧。」林仲凱想了想後說道：「這種人，一定要給他一點教訓。」

林金德也覺得事情不能就這樣結束，但郭娟好說過，這種詐騙在法律上是告不贏的，那還有必要白費工夫嗎？

「爸，你合約有帶在身上嗎？我看看。」林仲凱說道，想了解全貌。

「在我這裡。」劉淑蓮從包包裡拿出一份文件夾，遞給兒子，然後一邊碎唸：「我是覺得這樣啦，不管告不告得贏，都要告，他們好手好腳的不工作，騙人家辛苦錢，不讓他們跑幾次法院，哪甘心！」

「其實沒有不工作，他也在飯店打工啦。」林金德冷不防冒出一句。

「哎，到現在你還在替那人說話喔？」劉淑蓮白了他一眼：「你就是太軟弱了，才會被得寸進尺，今天既然讓我遇上了，我一定追究到底！」

但這事並不容易，除了報警，還有什麼方法能讓鄭立德付出代價呢？而且說實在的，高雄那夥黑道才是真正的幕後主使者，是否連他們都要告？

對方已經將八萬元以現金退還給他們了，現在還要搞這回馬槍，是否不太合情？

三人討論了一會兒，最後定調，先將鄭立德約出來再說，劉淑蓮和林仲凱都想看看這騙子的真面目。

「約在哪裡？約在離警察局近的地方好了。」劉淑蓮焦慮的問道。

「我覺得不需要，反而會引起對方戒心吧？」林仲凱說。

「對方哪有什麼戒心，對方根本什麼都不怕，他也知道警察拿他沒轍呀？」劉淑蓮回答。

林金德讓他們都停止說話，自己拿起手機，就回撥了鄭立德的號碼。

他心裡有了一個主意，他知道要約在哪裡了，有個地方很適合，做為和這小騙子了斷的地方，再適合不過。

第十二章　絕地大反攻，出來混的，還是要付出代價哦！

彰化以後，一路向北，場景轉換轉換再轉換，最後來到一片開闊的地方。

新竹市，香山區的大坪頂，這裡是一處山丘，種滿蔥蔥綠綠的樹，坡上有數座氣派的大理石建築，用作祠堂及殯葬管理，俯視著丘內的林園造景與香爐寶塔。

草坪一望數百里，林金德走在石磚步道上，當作散步，劉淑蓮和林仲凱都不在身邊，只有他一個人，這裡就是他買納骨塔位的地方，名叫「福心園」。

他向服務人員拿了份地圖，就自己在園區裡逛逛。來往的人不是祭祀，就是來追念的，空氣中有泥土及鮮花的味道，顯得格外清新，遠邊還有孩子朝氣的笑聲，在這樣象徵死亡的地方，也並非事事都鬱鬱沈沈。

林金德就和鄭立德約在這裡，對他來說，這裡彷彿是一切的起點；他的出發是源於對自我的迷惘，在葬送了大半的青春後，他感覺人生一片荒蕪，似乎在結婚的那一刻起，他就已經死了，所以他展開一場求生的旅程，從他自以為的墓地出發。

現在，他真的來到了墓地，他望著這片為自己預定的墓園，不免莞爾一笑。哪有什麼墓地，他還活著呢，這是他六十三歲的秋天，他正在環島。

「林先生。」終於，在納骨塔前廳，鄭立德出現了，姍姍來遲。

「你怎麼那麼晚，不是約三點嗎？」林金德問道，再次見到這個人，他百感交集。

「有事情耽擱了。」鄭立德擦著汗說，提著大大的公事包，望著四周：「這裡是哪裡？靈堂？」

他照著林金德給的地址，坐計程車來，沒注意到自己的目的地是什麼地方。

「哎，這裡可是你替我挑的靈骨塔位置呀，你自己都不知道嗎？」林金德苦笑著，覺得諷刺：「你推銷的東西，你自己竟然沒有來過。」

「我哪會注意那麼多。」鄭立德不經心的說道，望了望四周，指著園區內一個茶館說道：「我們去那裡講好嗎？」

「都可以。」

兩人進了茶館，找了個角落的位置坐下，點了兩杯咖啡，鄭立德似乎很急，沒什麼時間寒暄，從公事包中就拿出文件，向林金德問道：「那你有帶印章嗎？那份合約先給我看嗎？」

「沒帶耶。」林金德笑著說。

「什麼？」鄭立德愣住：「印章沒帶？」

「對啊，合約也沒帶，兩個都沒帶。」林金德回答。

「我不是叫你帶嗎？」鄭立德生氣了，覺得自己被耍了：「什麼都沒有，我們還約在這裡做什麼？」

「是你約我的。」林金德饒有深意的說道，故意嘲諷：「不過我特地赴約，當然也要感謝你，讓我學了一課。」

「感謝我？別鬧了，林先生。」鄭立德苦著臉，腦袋燒個不停：「你合約放在哪裡？我跟你講，你快讓人送過來。」他殷切的說道，不放棄的向林金德說理：「我有找到一個人，你把塔位轉售給他，他願意出十一萬，到時候我能分你兩萬……不，三萬好了。」

「哈哈哈。」林金德忍不住笑出來，這小子到底還是把別人當笨蛋，真不知該說過分還是單純：「我問你，你到底是做什麼的？淡水那個工讀的工作還有繼續在做嗎？」他問道。

「沒有，我工作是彈性的。」鄭立德沒耐性的回答道：「林先生，你那個塔位到底想怎麼樣？一句話說清楚好不好？」

「不能先聊一下嗎？」

「我跑那麼遠過來，就是要處理塔位的。」鄭立德火大的說：「你如果沒有要幫忙，就早點說。」

林金德見不給他一點甜頭，很難再聊下去，便從懷中掏出了那份生前契約。

「咦？你果然有帶嗎？」鄭立德一見到契約就眼睛發亮。

「對，你具體到底是想怎樣？」林金德問道。

「就是把這塔位再賣給別人啊。」鄭立德解釋道：「這樣好歹可以再拿到一筆錢。」

「我的塔位為什麼要賣給別人？賣了的錢又為什麼是你的？」林金德點出邏輯上的最大問題，眼前的人若不是太蠢，就是太壞了。

「你聽我說，你那個契約是沒有附權狀的，就算以後要用，也沒辦法跟陵園主張權利。」鄭立德認真的講著，又不敢講得太仔細：「但第三人不知道這其中的複雜，所以你這契約還是能賣給他們，但得透過我們，你自己是不可能的。」

「哦，所以嘛，你當初就是詐騙我的嘛，現在還打算去騙別人，被我抓到囉！」

「我沒有詐騙。」鄭立德用力的說道，並下意識瞄了桌下一眼，他也很有警覺心，知道這種話不能亂說，怕被對方錄音：「反正你那契約留在身邊是沒用的，我去幫你轉賣掉，至少你還能拿到一些錢，要不就拉倒而已，什麼都沒有。」

林金德想了一下，歪著頭說：「好，我可以把塔位讓給你，任你怎麼騙別人都沒關係，但你得答應我一件事。」

「什麼事？」

「告訴我你的真實名字。」

「啊？什麼？」鄭立德皺眉。

他這名字顯然是假名，名片上也全是假的資訊，騙子不可能用真實的名字招搖撞騙，而林金德這麼要求，果然就戳到了鄭立德的要處，作壞的人最怕被人知道真實身分。

「鄭立德就是我的真實名字啊。」鄭立德裝傻的說道：「不信我可以拿身分證給你看。」

「不用了，身分證怕也是作假的吧？」林金德笑道，話說得直接，故意激他：「你不願意嗎？那你這樣活著有意思嗎？只能活在黑暗之中，連名字都見不得人。」

「誰活在黑暗之中？」鄭立德不樂意了，便也把話揭開來講：「我在朋友面前當然也是用真的身分，但對於你們？呵呵，我又不傻，是要給名字讓你們去報警嗎？」

「不會報警，沒那麼多心思，我只是想拉你一把。」林金德說道：「你很聰明，我希望你能找一份正經工作，別再把腦筋動到這種壞事上。你把這一票幹完就行了好嗎？我要知道你的名字，是要確保你不會再騙下去。」

「多謝你的關心，不必了。」鄭立德冷冷的說道，對於這種說教的話不屑一顧：「我做這個嚴格來講也沒有違法，否則早被抓去關了，你說我詐騙？你不也是自己心甘情願簽的嗎？」他指著合約說。

林金德不想和他辯論這個，只覺得這個孩子很可惜，當初第一眼他就覺得他很聰明，只可惜用在糟糕的地方，不能好好做人。

他不會否定他那些正面的地方，在淡水那時，他講過的許多話都讓他耳目一新，年紀輕輕竟能講出這麼多深刻的道理，著實很令人很佩服。

但騙人就是騙人，若他要執迷不悟，林金德也無法苟同。

「林先生，叔，你到底有沒有要幫忙？」鄭立德煩躁了，再次指著合約說道：「你就行行好，把東西簽一簽，讓我把這個商品轉出去，一切就沒事了。」

林金德望著他，嘆了口氣，覺得這孩子真的沒救了。

「叔！」

「好啦。」他想了一會兒，便將契約交出去：「你看要怎麼做就怎麼做吧，錢也不用給我了，之後都與我無關。」

「真的？」鄭立德喜出望外，不懂林金德怎麼就妥協了。

「對，我也不想再管這個事了，反正我八萬元也已經拿回來了。」林金德回答：「就看你想怎樣吧。」

「那叔，還有印章啊，你得回去拿印章。」鄭立德殷切的說道，想起這件事：「沒有印章也沒辦法過戶。」

林金德沉著臉，從懷中就拿出了木頭章子，遞給鄭立德。

「哇，叔，你明明什麼都有帶嘛，還嚇我！」鄭立德欣喜的說道：「一開始就說不就好了？」

「嗯。」林金德懶得回答什麼，他看著桌上的紙說道：「印章你就拿去用吧，全部都交給你處理，用完了找一天再還給我就好。」

「好哦，確定都讓我處理哦，叔？」鄭立德又檢查了一遍合約：「然後指著某份文件說：「那你先幫我在這裡簽名嗎？」

「我不是講了嗎，全部都交給你處理。」林金德不悅的說道：「在這種地方我不想簽那種東西。」

「呃，好吧，蓋章應該也可以⋯⋯」鄭立德嘟囔著，喜形於色，將桌上的東西重新整理一次，全收進公事包內。

「最後再問你一次，你執意要繼續這樣騙下去嗎？一點都不想收手嗎？」林金德凝視著他問道，期望能聽到一點不同的答案。

「唉唷，叔，你在講什麼啦。」鄭立德嬉皮笑臉的說道：「我怎麼會騙你呢？這次，真的不會害你啦，我弄一弄，會再給你消息唷。」

林金德搖搖頭，就此作罷。

他將合約、印章以及身分證影本都給了他，見他都不起疑，便也不再多說什麼。當初那麼喜歡的人，此刻看著卻越覺尖嘴猴腮，市儈的嘴臉十分可憎。

林金德又和他聊了幾句，見他急著要走，便也不挽留。他只能安靜的目送他離去，祝他好運。

離開「福心園」時，林仲凱和劉淑蓮已經在外面等候許久。

林仲凱一上來便問道：「爸，怎麼樣，對方都拿走了嗎？」

「嗯。」林金德點頭：「合約、印章什麼的都拿走了，人開心得很。」

「那就成了，爸，他完蛋了！」林仲凱信心十足的說道，和母親交換了個勝利的眼神：「只要他敢用那枚印章，就準備收法院傳票了！」

這其實是他們的計畫，林金德給出去的那枚印章，是假的，一旦鄭立德使用它去簽售契約，事後林金德又不認帳，那鄭立德麻煩就大了，他將涉及偽造文書、背信、詐欺等等罪名，因為在當事人不知道的情況下，私造假印章去騙人。

他們這一手，百分之百能讓鄭立德獲罪，再也沒有什麼告不贏的問題了。而林金德相信，鄭立德肯定會使用那枚印章，他曾經想放他一馬，不願做到這個地步，但見鄭立德不知悔改，就算了，由他去吧。

「剩下的就交給我和娟妤處理吧，爸。」林仲凱說道：「娟妤那邊有徵信社的資源，我們會找到他去騙誰，然後幫你去警察局報案，你和媽就不用操煩了。」

「好哦，這樣好。」劉淑蓮得意的說道：「他如果被抓去關，要告訴我和你爸呀！」

「那是一定的。」

「人在做天在看，壞人囂張沒有落魄的久啦！」

鄭立德的問題解決了，讓林金德心中有股說不出的舒坦。他們從醞釀計畫、去刻假印章，到現在見完鄭立德，不過才幾個小時的時間而已，似乎一切冥冥之中都有註定，再煩心的事情都會有著落，什麼也沒漏掉。

一家人，這也回到了新竹，雖然離家還有一段距離，但旅程，已經接近尾聲了。

「爸、媽，那我先走了。」林仲凱說道，沒有要和父母上車的意思。

「咦？你要去哪裡？」劉淑蓮納悶：「幹嘛不坐我們的車一起回去就好？」

「我剛好去附近找一個大學朋友，很久沒去找他了，不知道他過得如何。」林仲凱笑著說道，也不知所言是真是假：「晚點我會叫娟妤來載我，沒事，你們先走吧。」

「這樣啊……」

「嗯啊，你們的環島，還是要你們自己完成囉。」他說道，扶著車窗看著兩老：「我參一腳也很奇怪吧？」

「哪會呀，你不要跟你爸一樣，想一堆亂七八糟的東西。」劉淑蓮說著說著又埋怨起來。

「好啦，反正我先走了，你們玩得愉快。」林仲凱揮揮手，就往馬路那端走去了，舉著手機，貌似是要叫那個大學朋友來載他。

林金德望著他的背影，就和媳婦在高雄走的時候如出一轍，到頭來，車上又只剩下他和劉淑蓮兩個人。

「我們走吧。」林金德說道，並放下排檔桿。

「去哪？」劉淑蓮不信任的問道。

「還能去哪，當然是回家。」

「哦，我還以為你又有什麼餿主意呢，嚇死我了。」劉淑蓮揙揙手說道。

林金德笑了一下，載著劉淑蓮以及滿滿的伴手禮，開車上路。

他們往家裡的方向駛去，逐漸的，來到熟悉的街道，沿著熟悉的路，看見熟悉的市容。出門在外這麼多天，回到熟悉的地方，真有種奇怪的感覺。

一場因不想帶孫而開始的環島之旅，終於迎來結尾了，林金德看開了許多事，也改變了許多觀念，兒子和媳婦在他眼裡，也有了不同的模樣。

這樣子的轉變，更可以說是一種成長，他對所有的人事物，都有了新的認識。

他不知道自己是因什麼而開始的憂鬱，現在又是為什麼而結束的這場鬧劇，沒有確定的答案；大概，這就是一種「老年」維特的煩惱吧？

以後某天，或許他會再次感到空虛低潮、再次心事重重、再次帶著太太來一場離家出走，但那又如何呢？這不就是人生嗎？

「阿蓮，有個故事沒說完。」林金德望向劉淑蓮說道。

「什麼故事？」

「妳的洗衣機還沒買。」

劉淑蓮愣了一下，然後禁不起逗的笑出來：「還洗衣機呀？八萬元的洗衣機是不是？」

「對呀，在淡水沒買成的洗衣機。」林金德也跟著笑了。

只要他們還活著，故事就不會有說完的一天。

（全文完）

釀冒險51　PG2600

老年維特的煩惱

作　　者　顏　瑜
責任編輯　喬齊安
圖文排版　周妤靜
封面設計　王嵩賀

出版策劃　釀出版
製作發行　秀威資訊科技股份有限公司
114 台北市內湖區瑞光路76巷65號1樓
電話：+886-2-2796-3638　傳真：+886-2-2796-1377
服務信箱：service@showwe.com.tw
http://www.showwe.com.tw
郵政劃撥　19563868　戶名：秀威資訊科技股份有限公司
展售門市　國家書店【松江門市】
104 台北市中山區松江路209號1樓
電話：+886-2-2518-0207　傳真：+886-2-2518-0778
網路訂購　秀威網路書店：https://store.showwe.tw
國家網路書店：https://www.govbooks.com.tw
法律顧問　毛國樑　律師
總 經 銷　聯合發行股份有限公司
231新北市新店區寶橋路235巷6弄6號4F
電話：+886-2-2917-8022　傳真：+886-2-2915-6275

出版日期　2021年7月　BOD一版
2023年4月　BOD二版
定　　價　300元

讀者回函卡

Printed in Taiwan

國家圖書館出版品預行編目

老年維特的煩惱/顏瑜著. -- 一版. -- 臺北市：
釀出版, 2021.07
面；　公分. -- (釀冒險；51)
BOD版
ISBN 978-986-445-475-4(平裝)

863.57　　110009004